$$t' = \frac{t}{\sqrt{1-\frac{v^2}{c^2}}}$$

t' = 时间变化
t = 静止时间
v = 速度
c = 光速

"我从不思考未来，它很快就会到来。"
——阿尔伯特·爱因斯坦

嘿，朋友！

你可能和我一样，也注意到了，

这个世界由大人们掌控。

但是问问你自己：

谁能选出孩子们喜欢的书？

是的，答案是"孩子"！

希望你读完这本书后，会激动地竖起大拇指，

并且还想再来一本。

试着读一读这本书吧，

看看你是否同意我的看法。

（如果不同意，那你可能是个大人！）

天才少年爱因斯坦

拯救未来世界 ❸

[美] 詹姆斯·帕特森　[美] 克里斯·格拉本斯坦 著　[美] 贝芙莉·约翰逊 绘　付添爵 译

CMS　四 湖南少年儿童出版社　凸 小博集
HUNAN JUVENILE & CHILDREN'S PUBLISHING HOUSE　BOOKY KIDS

·长沙·

"谨以此书献给可爱的孩子们，你们是世界的未来，必将创造更加美好的明天。"

——詹姆斯·帕特森、克里斯·格拉本斯坦

马克斯
性别：女

全名马克斯·爱因斯坦，酷爱物理学，会在想象中与爱因斯坦对话，思考如何将爱因斯坦的理论在现实生活中实验、运用，是解决地球难题的"天选之人"。

哈娜
性别：女

这次解决世界饥饿问题行动的新负责人，专攻植物学，但由于忌妒，走上了"内鬼"的道路。

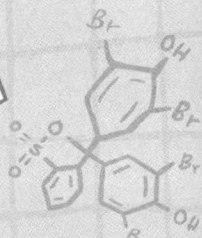

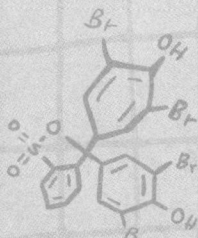

里奥
性别：男

"弃暗投明"的智能机器人，几近全能，为马克斯团队提供了很多帮助。

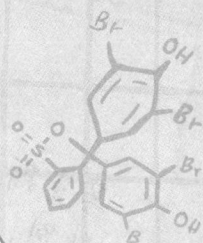

冯·欣克尔
性别：男

一个高大魁梧、穿着黑色长外套的巨人，为"公司"做事的反派角色，致力于抓住马克斯。

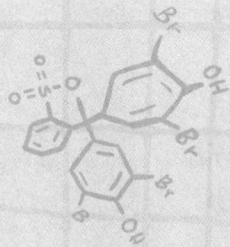

目 录

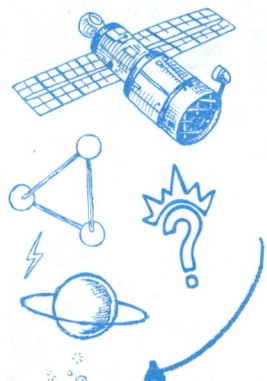

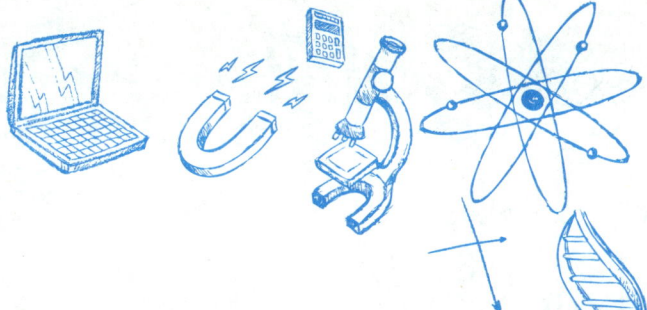

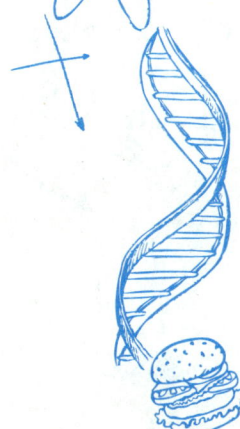

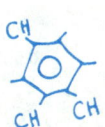

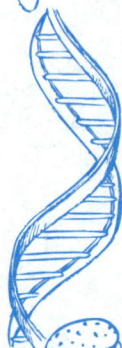

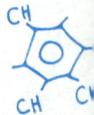

回顾

1921 年，美国新泽西州普林斯顿。

一对年轻夫妇把他们的宝贝女儿放在一个纸板箱里，里面铺着一条柔软的棕色法兰绒毯子。

"待着别动。"妈妈轻声说。

"今晚我们在等一位非常特别的客人。"父亲补充道。

母亲点了点头。"我们的良师益友！就是让这一切开始的那个人！"

她张开双臂，打量着摆在他们位于战斗路的简陋住宅地下室里的那堆奇怪的电子装置和实验室设备。这里距离普林斯顿大学不远，夫妇俩都是这个学校的杰出教授。

　　作为物理学家，他们极具创造力和发明力。这就是为什么这两个天才能用一个纸板箱为他们的女儿制造一个游乐场。

　　宝宝很喜欢。她笑着，咯咯地笑着，钻进了那条毛茸茸的毯子里，看着父母在房间里忙碌着。他们旋转表盘，敲击按钮，把杠杆推到直立的"开启"位置——形成了一个闪烁着五颜六色灯光的阵列。

　　宝宝叫了起来，把她胖胖的小手合在一起，凝视着闪烁的灯光。

　　很快，整个地下室开始嗡嗡作响。

　　"我想爱因斯坦教授会被打动的。"父亲说。

　　"我希望如此，"母亲说，"毕竟，他启发了我们的实验。这一切都是因为他。"

　　早在这对才华横溢的夫妇还在普林斯顿大学读研究生时（两人是有史以来年龄最小的学生，因此他们都被认为是神童），他们就听到了著名的阿尔伯特·爱因斯坦关于广义相对论的演讲。从那时起，他们就一直在研究其实际应用。

　　此刻，地下室里涡轮增压的电流和旋转的磁铁颤音很响亮，夫妇俩差点没听见楼上的门铃响。

"是他！"父亲叫道，"他来了，是爱因斯坦教授！"

"你记得去拿橘子蛋糕和草莓。"当他们急匆匆跑向地下室的木制楼梯时，母亲说道。

"好的，亲爱的。我们需要搅拌奶油。"

"我们可以在演示结束后再做这个！"

他们匆匆走上台阶迎接客人，把孩子独自留在地下室，小宝贝此刻被所有奇怪的声音和闪烁的、彩虹般的灯光迷住了。

她从纸板箱里爬了出来，穿过冰冷的水泥地面。地下室的窗户内侧出现了霜冻，这使地板显得格外寒冷。

宝宝绕过成堆的木箱，爬向一个打开的手提箱。

打开的手提箱盖上贴着一张光亮的照片，上面的人有一头滑稽的鬐发。他的照片反射着耀眼的光，这使得宝宝更靠近去看。箱子里还塞着一些学术论文。当然，宝宝看不懂上面写的是什么。她只想伸手去触摸所有在白发老人友好的脸上闪烁起舞的灯光。

地下室天花板上的水管冻得嘎吱作响。

窗户上已经结了两英寸①厚的冰。

宝宝可以看到自己雾蒙蒙的哈气。

突然，一道刺眼的强光闪过。室内有一道闪电。

万籁俱寂。

寒冷消失。

宝宝的整个世界将永远不一样了。

---

① 英寸：英美制长度单位，1 英寸 = 2.54 厘米。

第一章　混入音乐厅

现在，英国伦敦。

马克斯·爱因斯坦大步穿过伦敦的浓雾，她敞开的风衣在她身后飘动，就像一个超级英雄的斗篷。

她那一头卷曲的红发比平时更加蓬乱，因为据她所知，人类头发的化学成分使它容易受到空气中氢含量变化的影响。当然，这与湿度直接相关，因为那些使空气中雾气弥漫的水分子都含有两个氢原子。

思考她头发的化学成分使她的大脑暂时被占用，大约有两秒钟。

然后马克斯又觉得无聊了。

她在伦敦焦急地等待着项目赞助人本杰明·富兰克林·阿伯克龙比的下一个变革者协会的任务，马克斯只叫他本。有趣的是，虽然他是个亿万富翁，但他只比马克斯大两岁，他也非常可爱。她特别赞同他花钱的方式——资助一个天才少年联盟来解决世界难题，还并不受任何政府的干预。这多棒啊！

马克斯想了本大概一纳秒^①的时间，然后又回到了无聊和沮丧的状态，因为牛顿第一运动定律（也被称为惯性定律）似乎从来不适用于十二岁的马克斯·爱因斯坦。牛顿第一运动定律表明，一切物体在没有受到外力的作用时，总保持静止状态或匀速直线运动状态。

什么意思呢？就是说马克斯·爱因斯坦不知道如何休息。她渴望行动，不断地向前运动，保持静止状态不是她的风格。

她的思绪又闪回到她决定不戴针织帽在伦敦闲逛的情景——那是某种伪装，为了不让人看见她那松软的红色鬈发，因为她的头发对任何可能正在寻找她的坏人来说，是一种显眼的信号。

坏人就是他们。

---

① 纳秒：时间单位，一秒的十亿分之一。

　　一个自称"公司"的神秘组织，他们对马克斯非常感兴趣，他们想让她转换阵营，为他们的团队效力，这就意味着要绑架她。幸运的是，马克斯在伦敦有位室友里奥，在他从善之前，曾经为坏人工作过。这位室友告诉马克斯，根据他庞大的秘密联系人网络，"公司"不知道他们目前在英国伦敦。

　　里奥总是说"英国伦敦"，尽管其他人都不这么说。他只是有点古怪。

　　在里奥保证她会很安全的情况下，马克斯决定让自己在伦敦的等待不是浪费时间。她会大胆地走出她在青年旅社（本的选择）的狭窄公寓（伦敦人称之为公寓），参观这个城市里的所有景点，她的英雄阿尔伯特·爱因斯坦在年轻时也去过这些地方。她会重访这个伟大的天才所去过的地方，尽管已物是人非。马克斯想，也许这将在某种程度上拉近他们的距离。即使没有，这些经历也会很有趣，很有教育意义。就像爱因斯坦说的："知识的唯一来源是体验。"

　　马克斯渴望每天至少体验一件新事物。

　　这就是为什么她在雾中行进，前往一个她从未去过的地方：皇家阿尔伯特音乐厅。它位于伦敦的南肯辛顿区，维多利亚女王为了纪念她的丈夫阿尔伯特王子，于 1871 年设立了这个音乐厅。这里每年有近四百场演出，从摇滚和流行音乐会到古典音乐会和芭蕾舞剧，再到颁奖典礼，应有尽有。在这里，音乐厅历史上的名人都获得了荣誉，他们的名字在音乐厅外围都被刻上了星条图案。有阿黛尔、埃里克·克拉普顿、温斯顿·丘吉尔、穆罕默德·阿里，当然还有靠近五号门的阿尔伯特·爱因斯坦。

那天晚上正好有一场音乐会，不过马克斯没有票。

但她认为就算没有票她也能进去。

因为她掌握了一些东西，她相信这些东西会成为她的秘密通行证。

爱因斯坦曾经说过："现实只是一种幻觉，尽管这种幻觉非常持久。"

所以马克斯决定创造她自己的现实幻觉。这就是为什么她带着一个空的小提琴盒，这也是对她心目中的英雄的小小致敬。阿尔伯特·爱因斯坦六岁时开始学习小提琴，并持续演奏了一生。他给自己的小提琴起名为"莉娜"，并能把莫扎特的奏鸣曲演奏得很动听。他说，当他在思考自己的理论或者进行一个思想实验时，音乐能助他一臂之力。

现在马克斯希望音乐能帮助她潜入皇家阿尔伯特音乐厅。

"不好意思，"她对见到的第一个警卫说，"音乐家的入口在哪里？"

她晃动了一下小提琴盒，以确定警卫注意到她带着一把琴。

"舞台门就在那里的转弯处，经过一号门，过去就能看到，演奏顺利！"

"谢谢！"马克斯并没有因为欺骗了警卫而感到内疚。她从没说过自己是个音乐家。她只是让自己创造了那种特殊的现实幻觉，然后她甚至都不需要非常执着地要求进入音乐厅。

舞台门让马克斯跳过了在主入口处排队的人群，当然，还有售票员。她表现得好像知道自己在做什么一样，不一会儿，她就站在了后台的黑暗中。

这就是爱因斯坦站的地方，她告诉自己。

"不，我站得有点偏左。"爱因斯坦回答说。

爱因斯坦并不真的在那里，这只是马克斯时常做的事情。她和脑海中想象的爱因斯坦进行奇妙的、无言的莫扎特和巴赫创作的音乐清晰、简洁、精确，这与爱因斯坦在他的理论中提出的理念如出一辙。

我在音乐中做白日梦！

对话。对她来说,他不仅是一个世界知名的天才,还是一个有趣的、具有恶作剧式幽默感的、祖父般的人物。

当站在(或接近)她的偶像在 1933 年 10 月 3 日站的地方时,她浑身起了鸡皮疙瘩。那天晚上,爱因斯坦教授向在场的观众们发表了演讲,讲述了他对欧洲迫在眉睫的危机的担忧,当时阿道夫·希特勒和法西斯主义正在崛起。那时据第二次世界大战发生还有六年,但对爱因斯坦和其他生活在德国的犹太人来说,当时的恐惧已经非常明显。

在不同的时间身处爱因斯坦曾经待过的同一个空间让马克斯思考着在时空的边界上寻找一条褶皱。跨过那道褶皱,回到过去,见她的偶像,这不是很好吗?他当时就在这里,她现在也在这里。如果他们的时间线能够以某种方式重叠,那该多好啊!

然后,也许,他们可以一起找到另一条时间褶皱,飞跃到未来,这样马克斯就能看到他为她带来了什么。或者,爱因斯坦教授可以教她如何穿越到十二年前,这样她就可以弄清楚她的父母是谁了。

迄今为止,在她的生活中,马克斯一直是个孤儿。她对父母有一些模糊的记忆。这些记忆朦胧不清,有时候几乎可以回忆起自己的婴儿床，但又不能完全想起来。

即使爱因斯坦教授做不到这一切，马克斯至少可以提醒他在 1933 年的伦敦之行中有纳粹的赏金猎人在跟踪他。

"我读到过，"她对想象中的爱因斯坦说，"在那里，有人预谋暗杀你。"

"啊，"她脑子里的爱因斯坦答道，"但这并不是一个很好的情节，不是吗？我一直活到了 1955 年！你不觉得他们管这里叫皇家阿尔伯特音乐厅很好吗？他们以我的名字命名，真是太好了。"

马克斯笑了。她喜欢脑子里的爱因斯坦开的这个老套的玩笑。这让他更像一个祖父，这是她从来没有体验过的。

"坏人还在跟着你吗，马克斯？"爱因斯坦问。

"是的，'公司'的那帮人。不过，别担心，他们不在伦敦。"

当然，就在她说这句话的时候，两个身着黑衣的魁梧男子从阴影中向她走来。

"小姐，你在后面干什么？"其中一个棕发男子问道。他的耳朵里有一个耳麦，他的手臂和大多数人的大腿一样粗。他的搭档看起来和他一模一样，只是留着一个寸头，他的头发是金色的，而不是棕色的。

马克斯想这样回答：我在和我的缪斯女神交流。但她觉得这两个身着黑衣的男人应该不会喜欢这样的回答，所以她又举起了她的小提琴盒。

"我是一个音乐家？"是的，她说得像在问问题，这种回答方式很难令人信服。

"是这样吗？"金发寸头说，"小提琴吗？"

马克斯点了点头。

"我不记得像今晚这样的无伴奏合唱团的表演者要使用小提琴。通常情况下，他们只是用嘴。"

马克斯向她的左边瞥了一眼。一个组的六名歌手已经登上了舞台的两个侧翼。他们都没有携带乐器。

"走吧，小姐。"棕发保镖说着便轻轻地挽着马克斯的胳膊，护送她向出口走去。"我很想让你免费看演出，但那样做，我很可能会丢了工作，再见。"

两分钟后，马克斯又回到了皇家阿尔伯特音乐厅外的街道上。这可能是阿尔伯特·爱因斯坦走过的一条街道，只是没有给她带来在后台那种神奇的感觉。

沮丧之下，马克斯走进了伦敦的一个红色电话亭（里面没有电话），从风衣的侧口袋里掏出一部加密的卫星电话。

是时候给本打电话了。幸运的是，马克斯有他的直拨号码（他还支付了非常昂贵的卫星电话费）。

本在第三声铃响时接了电话，他总是会在三声铃响时接起。

"你好，马克斯。"他说，没有问是谁打来的。马克斯觉得他有全宇宙最先进的来电显示系统。"你在那里怎么样啊？你知道我说的是伦敦。"

"无聊。"

"真的吗？你说的是伦敦吗？英国的那个伦敦？有很多事情可以做啊，还有很多东西可以看。"

"我们什么时候开始下一个项目？"

"很快，马克斯，要有耐心。我正在做一些非常广泛的研究，这将是你目前最大的挑战。我们不希望你在毫无准备的情况下一头扎进去。"

"很快？"

"对，只是你知道，要抓紧时间。我会再打给你的，很快。"

马克斯挂断了电话。

很快。

这是证明时间相对性的一个词。

对许多孩子来说，"很快"就像身处圣诞节前夕的平安夜，因为要等到第二天早上才能打开礼物，因此，"很快"似乎是永远。但对另一些人来说，当牙医走进候诊室说她"很快"就来给你诊治时，这似乎只是一个瞬间。

马克斯绝对属于在平安夜等着拆礼物的那一类人。"很快"似乎是"永远"。

她不甘心听天由命地等着，开始漫步回到海德公园附近的青年旅社，她和里奥在那里有公寓，基本上就是一间大学宿舍那么大。

她看到一个男人推着一辆杂货车，上面装满了塑料包装的三明治。她好奇地跟着他，眼见他拖着车走进一条铺满鹅卵石的小巷里，巷子被一盏朦胧的街灯照亮。

"晚上好，弗兰基，"那人对地上的一个黑乎乎的东西说，"家人都好吗？"

皱巴巴的东西动了动。马克斯意识到那是个在睡袋里的人。当她的眼睛适应了黑暗后，她可以看到一堆睡袋，有些非常小。

"晚饭时间到了！"那人一边高兴地说，一边从推车里拿出几个用塑料薄膜包着的三明治。"抱歉，这么晚才来，因为要等商店打烊。腌火腿和麦芽面包是给你和夫人的，孩子们的是培根三明治。"

"谢谢你，查尔斯。"那个和家人一直睡在巷子里的男人说。

提到食物，两个小脑袋从睡袋里钻了出来。尽管他们睡觉的地方很简陋，但马克斯还是能看出他们灿烂的笑容。她知道，孩子们有着旺盛的生命力，但看到他们的小手急切地伸向三明治时，她有点伤心。

她曾经就是那样的孩子。

马克斯住在纽约街头的时候，寻找食物是她每天的首要目标。有时候，马克斯会吃一些不干净的东西，不像查尔斯递出的三明治一样包装得很整齐。她猜测这些食物是他的店打烊前没卖出去的。

马克斯小心翼翼地退出小巷，她不想让无家可归的一家人看到她。特别是那些孩子。

她记得在寻找食物时所遭遇的尴尬和羞辱。虽然那种情绪很强烈，但还是强不过肚子里的饥饿感。

第二章　冯·欣克尔教授

当马克斯终于回到公寓时，她和住在楼里的其他学生打了个招呼，他们正在大厅里闲逛。

"梅芙（梅芙是马克斯在宿舍里一直使用的名字。这个别名对她来说总是更容易记住），谢谢你帮我解决了一些作业中的问题。"一个名叫奥利维娅的女孩说，"你的量子力学知识真丰富啊，太让人惊叹了。"

马克斯耸耸肩："只是偶然学到的罢了。"

"梅芙，你真是太聪明了。"女孩滔滔不绝地说，"你就是一个天才。"

"谢谢，"马克斯对她说，"随时交流。"

她沿着走廊向自己的房间走去。

当她打开门走进去时，她看到室友里奥蹲在远处墙壁前的地板上。

原来他的食指"又"卡在了电源插座里。

"我只是利用自由活动的短暂时间充点电。"里奥看到马克斯不满的眼神时解释道。

里奥是一个机器人，或者说是一个仿真机器人。他是一个会走路、会说话的人体模型，拥有不可思议的 AI（人工智能）功能，看起来像是刚从服装店的男童装部逃出来的模特。他被设计成类似一个十二岁男孩的模样，以使他看起来不那么有威胁性。

里奥，原名莱纳德，是由"公司"制造的，作为他们寻找马克斯的工具。幸运的是，马克斯在变革者协会的一个组员，一个名叫克劳斯的波兰小男孩——他喜欢吃香肠，也是一个机器人专家。马克斯抓到莱纳德后，克劳斯对这个机器人进行了彻底的改造，把他变成了一个非常乐于助人、友好的里奥。

"他会是一个完美的室友。"克劳斯向马克斯保证，"你问问题，他就会回答。如果他太健谈了，你可以随时在他的屁股上踢一脚，让他重启。"因为克劳斯是个爱开玩笑的人，他把机器人的重启按钮装在了屁股的位置。

---

① 英尺：英美制长度单位，1 英尺 ≈ 0.3048 米。

"外面的温度是十三摄氏度。"里奥说，"大部分时间里多云，空气湿度百分之六十七。伦敦以及周边地区已经发布了大雾警报……"

"谢谢你，里奥。"马克斯说，"但是我并没有要求你提供天气预报。"

"我会尽我所能地预测你的询问。目前我们比较安全，周边没有来自'公司'的危险。"然后，里奥咯咯地笑了起来。他就这么笑了很久。这是一个编程错误，即使像克劳斯这样的机器人天才也无法将这个错误从里奥的硅芯片深处抹去。

"我要去睡觉了，"马克斯说，"今天过得不开心。"

"你想听音乐吗？"里奥问，"我注意到你拿着一个小提琴盒。你有心情演奏巴赫的《D 小调双小提琴协奏曲》吗？我可以用我的合成器来为你伴奏，充当第二把小提琴。"

"不，谢谢。"

"你明天的计划做好了吗，马克斯？在你的爱因斯坦伦敦之旅的名单上还有几个地点，例如，滑铁卢车站，如果你想参观的话，可以去。爱因斯坦曾在炎热的 7 月去了那里，当时人们发现他穿着轻薄的白色夹克、网球衫和宽松的白长裤，看起来很凉爽。我建议你坐 N38 路公共汽车，这车每五分钟一班，从海德公园到格林公园地铁站。你也可以在那里乘坐朱比利线，也是每五分钟一班，然后在滑铁卢车站下车。我不建议你穿网球衫，因为现在不是高温天气。"

"里奥？"

"怎么了？"

"你听说过 TMI① 这个词吗？意思是话太多了。"

"是的，有一次克劳斯在给我输入各种各样的打嗝声时，他称这种行为是 TMI。"

马克斯点点头。"试着记住爱因斯坦说过的话，一个理论的前提越简单，就越令人印象深刻。"

"明白了，以后我会努力坚持凡事都要简单的原则。"

"很好，晚安。里奥，明早见。"

"睡个好觉，马克斯。正如我之前提到的，目前来自'公司'的危险系数是百分之零点五六九，已经很安全了。"

---

① TMI：Too Much Information 的简称。

当然，里奥和马克斯都不知道的是，此刻，在西弗吉尼亚州的一个秘密地下藏身处，一场会议正在举行。

它的目标是什么？

是大幅提升此地的危险系数。

"公司"的总部隐藏在西弗吉尼亚州阿巴拉契亚山脉深处的一个山洞里。

董事会召开了紧急会议。

"据可靠消息，变革者协会的年轻人们将会有大动作。"一个女性主席说，她在不参加"公司"的董事会会议时，管理着世界上最大的娱乐集团。事实上，"公司"董事会的所有成员都在一些大公司担任非常重要的职务。环绕着巨大的椭圆形桌子坐着的是大型银行、大型制药公司、大型石油公司、大型媒体、大型农业以及世界上其他大型行业的代表。董事会的成员因为一个理由走到了一起，那就是：贪婪。

他们想赚钱，尽可能多地赚钱。他们认为金钱可以帮人买到权力、制定规则、赢得选举，可以按照"公司"成员们希望的方式去塑造世界。

没有政治家敢反抗"公司"的意志或权力，媒体也不敢。

唯一真正威胁到"公司"统治地位的是一个名叫马克斯·爱因斯坦的十二岁小女孩领导的一群少年天才，他们获得了一个名叫"本"的神秘赞助人的支持。

"CMI（变革者协会）的公益项目还在干扰我们的赚钱计划！"一个穿着西装和牛仔靴的男人抗议道。他把自己的帽子重重地摔在桌子上，以发泄他的厌恶之情。"而且我想要莱纳德回来！那帮小鬼偷了我们的机器人，应该有法律来禁止这种行为。"

"如果他们认为机器人服务于邪恶的目的，"董事会的一个人建议道，"那么，他们可以声称该行为是为了自我防卫。"

"我不管，"那个带着得克萨斯州口音的人喊道，"我要莱纳德回来，这样我们就可以把他熔化，用他的蜡质脑袋做蜡烛。"

"找回莱纳德确实应该成为首要任务。"董事会上的一个德国银行家表示，"毕竟，我们在创作和制造他上投入了大量资金。我们这样做可不是为了让对方利用他不可思议的人工智能功能执行慈善任务。"

"我要提醒你们所有人，"女主席说，"我们仍然想说服马克斯·爱因斯坦来为我们工作。这个女孩是天才，能成为我们一直在寻找的捷径，以确保我们将是第一个将量子计算机推向市场的人。"

"你仍然认为齐姆博士能把她带过来吗？"一个来自澳大利亚的女性问道，她的家族在世界各地拥有多家电视网络。"他还具备我们需要的技能和专业知识吗？"

女主席摇了摇头。"没有，我们对齐姆博士已经完全失去了信心。他曾多次找到马克斯，但都没能抓住她。也正是齐姆博士把莱纳德弄丢了，更不用说我们在印度利润非常丰厚的瓶装水子公司了。一句话，是时候让齐姆博士离开了。"

"那么谁来带头寻找马克斯呢？"

"我。"一个刚走进会议室的大个子说。他身高近七英尺，穿着厚重的军靴，脑袋像一个巨大的菠萝，发型齐整。当他行走时，会发出叮叮当当的声响——这表明他的黑色长外套里面藏着武器。

"女士们，先生们，"女主席说，"请允许我介绍冯·欣克尔教授，你们可以在自己的平板电脑上看到他的简历。"

围坐在桌旁的其他董事会成员敲击着每个位置上都有的彩色玻璃屏幕。当他们浏览冯·欣克尔教授的一长串可怕的成就时，发出了清晰的惊呼声。

"这是你干的？"其中一个人说，"毒气泄漏？"

冯·欣克尔耸耸肩。"我们需要疏散该地区，以便为核反应堆腾出空间。"

"石油大火使沙漠开辟了新的钻井，"另一个人说，"也是你干的？"

冯·欣克尔点了点头。"但是，没有人能证明这一点。"

"那火山灰泥浆的溢出呢？"

"这么说吧，我们只是顺应了大自然母亲和泥浆的运行方向，轻轻地推了一下。"

"很厉害啊，教授。"来自得克萨斯州的人说，"令人印象非常深刻。但是，你有能力制造这些混乱，怎么能说明你就有资格去把马克斯抢过来呢？更不用说我们被劫走的机器人了。"

"很简单，"冯·欣克尔说。"我无情、野蛮且残忍，有人可能还会说我不人道、没人性。我做事非常高效。相信我，我会完成这项工作的。那个小女孩和那个机器人，他们没有机会跑掉。"

第二天早上，马克斯还是觉得很无聊，就穿上了她的大大的松软毛衣，去买纪念品。

回家时，她买了一个阿尔伯特·爱因斯坦的摇头娃娃（它陈列在一家商店里，旁边是一个太阳能驱动的伊丽莎白女王，做着优雅的皇家挥手动作）。她把她最新的爱因斯坦纪念品放在那个破旧的手提箱里。无论她到哪里游荡，只要打开这个手提箱，这里就会成为她的古玩柜。

从她记事起，这个古董手提箱（应该比马克斯的年龄还大）就一直陪伴着她。里面装满了照片、书籍和小雕像——应有尽有，都是为了纪念她的偶像。

她收藏的最古老的照片，是马克斯以外的人（她不知道是谁）很久以前贴在盖子里面的，其边缘已经变成了棕色，照片中那个伟大的教授陷入了沉思。他留着浓密的胡子，一头长长的、飘逸的头发。他双手紧握在一起，几乎像是在祈祷。他的眼睛凝视着无限的远方。

那张照片是马克斯最久远的记忆。由于她从未见

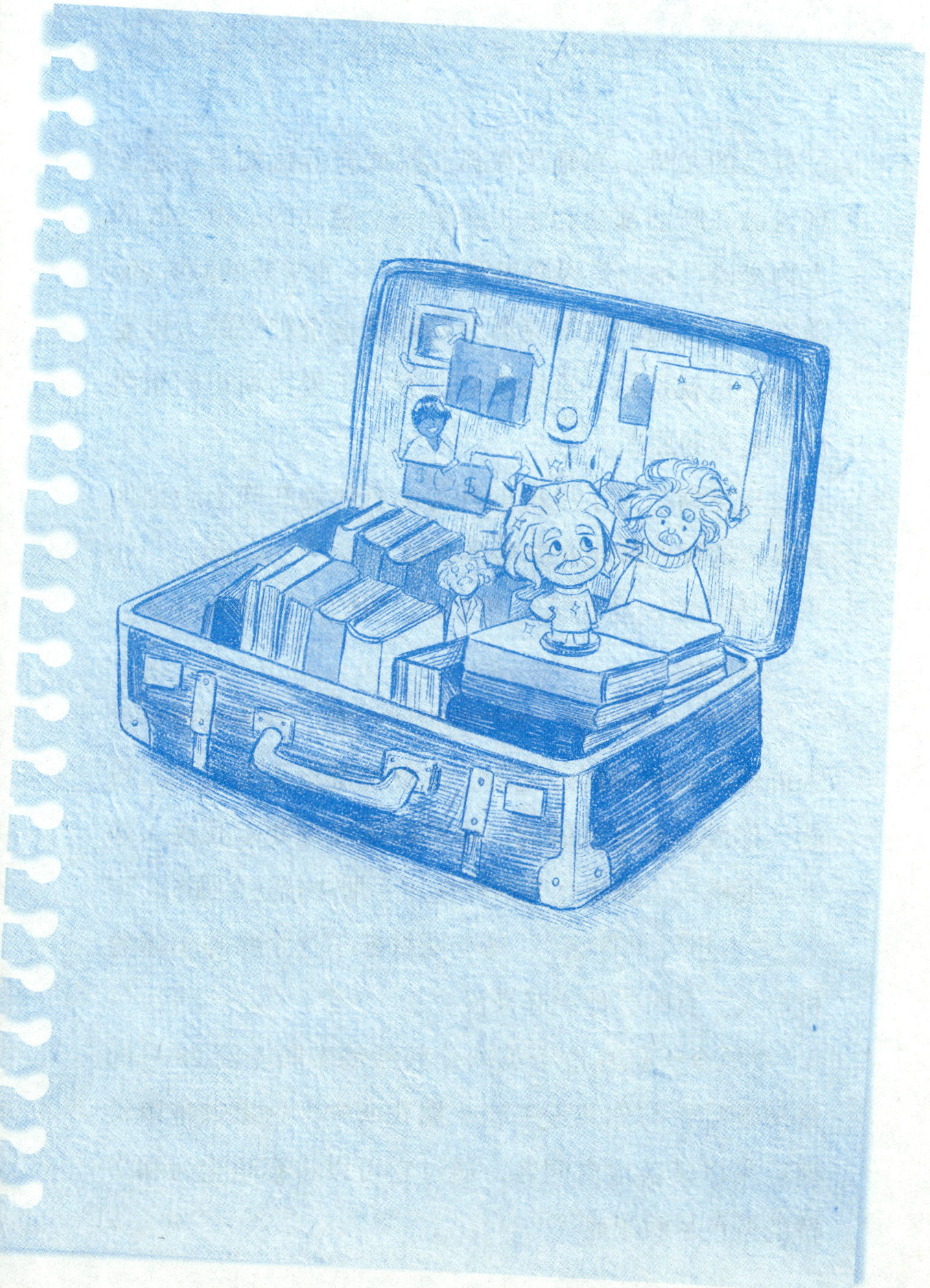

过自己的父母，当她住在孤儿院或寄养机构时，她发现自己在睡前都会和手提箱里那个慈祥的、祖父般的人物交谈。她的爱因斯坦照片是一个非常好的倾听者。随着年龄的增长，马克斯开始好奇这个神秘的人可能是谁，这就是她一直以来对所有关于爱因斯坦的东西产生迷恋的原因。

马克斯打开了里奥的开关。有时她在晚上会把他关机，这样他就能安静几个小时。

"早上好，马克斯。"里奥说，"你有一个新的任务。"

"什么？"

"你出去的时候，本给我发了信息。我本来想早点告诉你，但你可能还记得，你整晚都把我关机了。当然，你没必要这么做。你可以简单地要求我进入静默睡眠模式，就像克劳斯在使用手册中描述的那样。"

"本想要干什么？"马克斯打断了这个喋喋不休的机器人。有时，他说起来没完！

"他今天想在位于英国伦敦沙德泰晤士街 28 号的蓝图咖啡馆与你共进午餐。据我所知，这家咖啡馆长期以来以其落地窗闻名，通过它可以将泰晤士河和塔桥的景色尽收眼底。"

"什么时候?"她问道。

"中午,我想你也许会喜欢用鱼线钓来的鳕鱼,配上美味的绿色香草外皮。味道惊艳,满盘的夏意。"

马克斯真的需要和克劳斯谈谈关于里奥的一些程序优化问题。

中午,当马克斯进入蓝图咖啡馆时,一眼就看到了本。他是餐厅里唯一的人,这里甚至没有任何服务员和厨师,只有一盘盘的食物摆满了本周围的三张桌子。

"我包下了今天中午的餐厅,"他告诉马克斯,"只要条件允许,我更喜欢拥有一些隐私空间。"

马克斯点了点头。

"这边的景色是不是很壮观?"本问道,指了指落地窗,随手勾勒出桥梁、船只和伦敦的天际线。

"太美了,"她回头对本说,"那么,我们的下一个任务是什么?"

"你不想先吃点东西吗? 我点了炸鱼和薯条、牛肉、炸玉米面、花椰菜汤、苹果和黑莓酥饼……"

"我不是很饿。再说了,我们上次见面,你让我不要像这样大吃大喝。你告诉我关于世界上的饥饿问题的事情，还记得吗？"

"是的。我记得那次谈话。"

"你说每天都有七亿九千五百万人在挨饿，大约是每九个人中就有一个人挨饿。然后你告诉我这些人中会有三千六百万人会在今年死于饥饿。"

"你确定你不想吃点，尝一尝布丁上的碎屑？"

"不想吃。为什么英国人把甜点叫成布丁，即使它不是布丁的样子？"

本的眼睛闪烁着："因为他们一直都是这么叫的？"

马克斯很喜欢本那闪闪发光的眼睛，尽管她不完全清楚是为什么。和他坐在一起时，她总是惴惴不安，这也是她不怎么想吃炸鱼、薯条，或者一个听起来更像派的"布丁"的另一个原因。

"听着，马克斯。"本说着，喝了一口茶，这似乎是他午餐唯一吃的东西。"我知道你迫切想知道下一个任务，但可能还不能如你所愿，任务还未完全为你准备好。还有一些细节需要处理，你知道的，需要再理顺一下。"

"那我该怎么办呢？"

"要有耐心。好好享受在伦敦的时光，只是要小心些。"本啪的一声打开他的公文包，取出一个信封。他打开它，拿出一张光鲜的照片，将它滑过桌面递给了马克斯。"我们必须提防这个人。"

实际上，这个人看起来更像一个穿着黑色长外套的巨人。他那粗大的脖子顶着一颗硕大的"菠萝头"，看起来好像《复仇者联盟》中的反派灭霸的表弟。

"他是谁?"马克斯问。

"你的新对手，维克托·冯·欣克尔教授。"

第三章　危险来临

"齐姆博士呢？"马克斯问。

本摇摇头，把冯·欣克尔教授的照片塞了回去。"有消息说他最近被这个新的、更无情的对手取代了。"

听到这个消息，在某种程度上，马克斯感到很遗憾。是的，齐姆博士很危险，也很卑鄙。但他也曾声称知道马克斯从哪里来。这可能是个弥天大谎，但是每次她和这个邪恶的博士碰到一起时，他都承诺会告诉她"你想知道的一切"。为了弄清自己的父母是谁，马克斯几乎可以做任何事情。她的身份到底是什么？但她还不是十分相信齐姆所说的话。

"'公司'还在竭力寻找你，马克斯。"本继续说，"冯·欣克尔教授的任务就是绑架你。我的线人说他比齐姆博士的手段更卑劣。他冷酷无情、铁石心肠且意志坚定。他们说他是个疯子，做事就像一台机器。说到机器，如果冯·欣克尔教授抓住了'叛徒'里奥，'公司'会很高兴。他们说要把里奥熔化，然后把里奥变成一支蜡烛。"

"他们还想让我为他们设计一台量子计算机吗？"

本点了点头。"有这个意思，而且他们还认为，如果他们把你从我的团队中挖走，就等于阻止了我们接下来要做的事。"

"什么事？"

"依然保密。"

"那么，再问一次，我应该做些什么呢？"

"待在你的房间里是一个好的选择。"

"真的吗？我都快憋疯了。"

"伦敦不太安全，马克斯。这个城市有一个庞大的摄像头网络。它们无处不在。'公司'可以利用它们，用面部识别软件轻松找到你。"

马克斯叹了口气。本用宠物小狗般的眼神看着她，默默地恳求她谨慎行事。当他做出这种表情的时候，她一贯的坚定决心有时会松动。

就像现在这样。

"好吧,"她说,"我会耐心等待,但我不会和里奥躲在房间里,我会坚持我的'爱因斯坦伦敦之旅'。别担心,我会小心的,会防备任何'公司'的暴徒。我只希望有人能和我一起去游玩。"

本笑了。

他是否以为马克斯在向他发出邀请,约他一起出去?

"我并不介意一个人待着。"马克斯迅速变卦,"我的意思是,我大部分时间都是一个人生活的。再过几天、几周或多久都不重要。"

"但如果你不必独自一人呢?"本轻声问道。

有人大步走进餐厅。

"怎么了,马克斯?"她用浓重的爱尔兰腔说,"小姑娘,我闻到的是炸鱼和薯条的味道吗?"

她是马克斯的朋友西沃恩,CMI 团队的成员。西沃恩有一头火红的头发,脾气火暴。她也无所畏惧,在爱尔兰和非洲执行任务时曾帮助马克斯反抗过一些极其恶劣的人(西沃恩称之为"残忍的暴徒")。

马克斯从椅子上跳起来,张开双臂拥抱她的朋友。

本站起来，把手塞进裤兜里。

"你也许也应该拥抱一下本，"当她们拥抱结束后，西沃恩说，"是他邀请我从都柏林飞过来的，这样你就不会一个人在伦敦无聊闲逛了。去吧，马克斯，给他一个拥抱。"

"不用。"本说，听起来有些慌张。

他迅速坐了下来，马克斯也像他那样坐了下来。

西沃恩拉出一把椅子和他们坐一起。

"你们两个？这顿私人午餐是怎么回事？"西沃恩问道，"这些是？看起来像是约会？"

"我们在讨论计划，"本说，"计划未来。"

西沃恩向他眨了眨眼睛。"我估计也是这样，本。"她把盘子上的圆顶盖子拿起来，看了看炸鱼和薯条，然后把一根酥脆的薯条塞进嘴里。她眨巴着眼睛，像一本俗气的浪漫小说一样开始滔滔不绝："你们那美好、可爱的未来……"

本故作夸张地看了看表。

"噢，天啊。你看一下时间好吗？"他的声音听起来还是有些慌乱。"我下一个会议要迟到了。马克斯，现在你不必再独自探索伦敦了。你和西沃恩应该享受

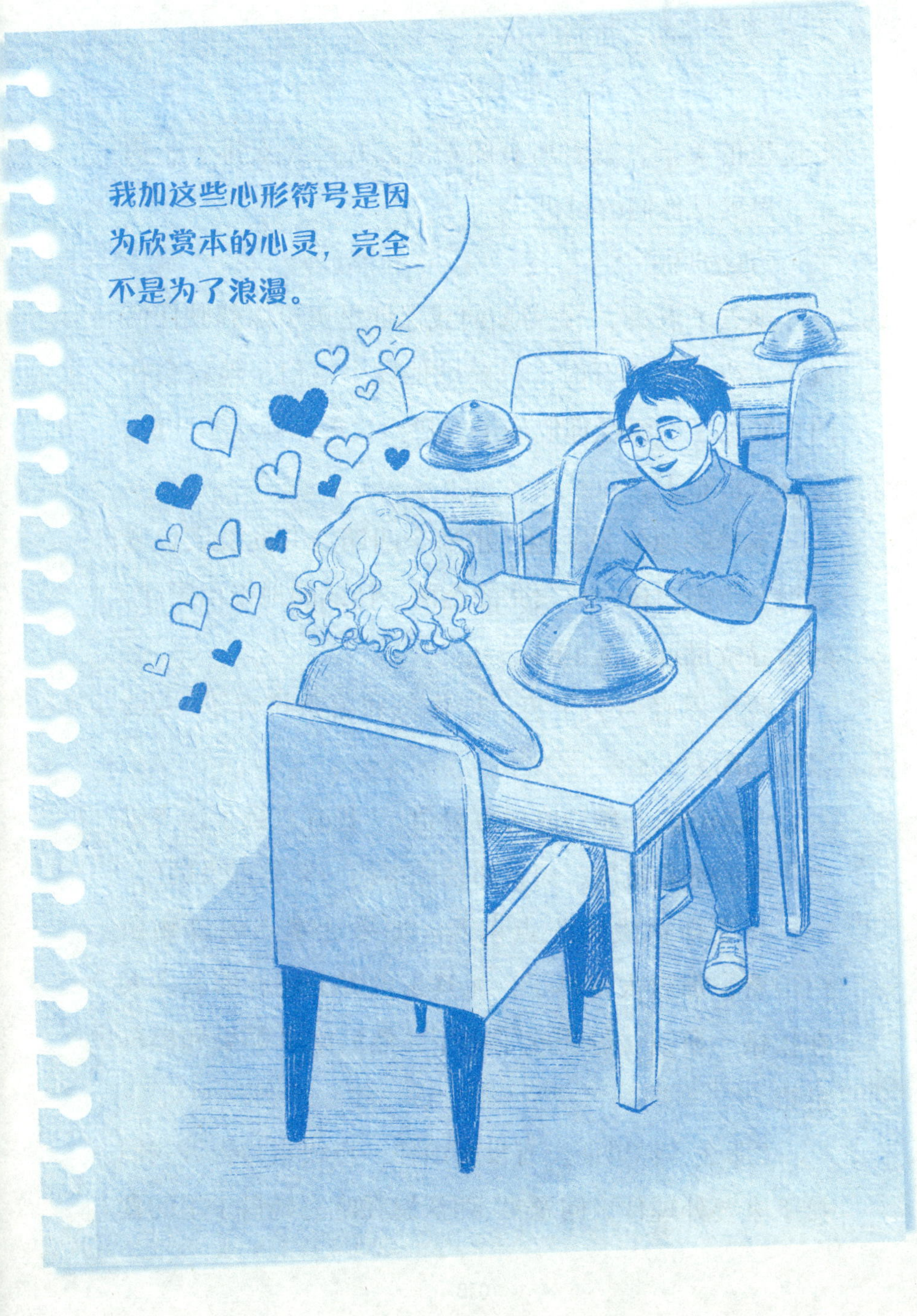
我加这些心形符号是因为欣赏本的心灵，完全不是为了浪漫。

下这里的美景，看看所有的景点。我已经安排了一辆车，里奥是你们的司机。"

"真的吗？"

本点了点头。"克劳斯向我保证里奥可以驾驶任何汽车。当你想离开时，只要给他发个短信，他就会在门口接你了。享受你们的午餐吧，我每样都点了一份，还有双份布丁。"

本拿起他的公文包，把那个四四方方的公文包紧紧抱在胸前，像一只紧张的企鹅一样蹒跚地走出餐厅，然后寻找最近的洗手间。

西沃恩轻声笑了笑，把炸鱼和薯条拉近了一点，以便享用。

"对不起，"她边吃边解释道，"我有点饿了，飞机上供应的都是花生，而且那也是本的一架私人飞机！"

马克斯也决定吃点东西。如果让本点的食物白白浪费，那就太可惜了，尤其是世界上还有那么多人在挨饿。所以，她先吃了布丁，然后吃了苹果和黑莓酥饼。

"那么，你男朋友有没有给你一点线索，告诉我们接下来要处理什么问题？"西沃恩在吃完她盘子里的食物后问道。

"他不是我男朋友。"马克斯辩解道。

"据你所说……"

马克斯试图转移话题，"当我第一次来到伦敦时，也就是在印度的水项目之后，本暗示我们的下一个任务可能是寻找解决世界饥饿问题的方法。"

"这肯定是他点这么多食物的原因。"西沃恩一语道破，"解决世界饥饿问题？哇，这可是个艰难的任务，马克斯。"

"我知道，但这是本唯一想做的事。"

"意气风发的小亿万富翁，不是吗？"

尽管他们经常拿本开玩笑，但马克斯和西沃恩都为自己是他的变革者协会的成员而无比自豪。他们是本和他的团队精心挑选的为数不多的年轻天才，试图解决成年人不能或不愿解决的问题。

当然，他们也是"公司"试图抓到或毁掉的年轻天才。

马克斯的思绪飘到了她的最新敌人——冯·欣克尔教授身上。

他和他的邪恶爪牙能在伦敦找到她、里奥和西沃恩吗?

他们也许可以,特别是如果他们的团队里有一些优秀的搞摄像头的黑客的话。以"公司"的财力,他们肯定有。

"西沃恩,你看到外面杆子上挂着的一堆白色金属盒了吗?"马克斯朝窗户指了指,"那些是闭路电视摄像头,有五十万个,几乎监视着伦敦市中心的每一寸土地。"

"五十万个?"西沃恩说着,发出口哨声。

马克斯点点头:"一个普通的伦敦人每天会被摄像头拍到三百次,一个观光游客可能会更多。"

"你认为'公司'的那些暴徒可能会利用那些摄像头,用面部识别软件找到我们?"

"这个想法在我脑海中闪现过,"马克斯说,"就在本提到这种可能性之后。"

"那么,我们该怎么办呢?"

"在司机里奥开着我们的私家车带我们游览伦敦的时候,我们用智慧打败摄像头。"

"我们要怎么做呢?"

"把我们的第一站选在某个为贴纸爱好者出售漂亮

贴纸的地方！"

"真的吗？"

"是的，如果我们把它们贴在脸上，面部识别软件就无法识别我们了，这样我们应该就安全了。我们可能还需要买一些帽子和太阳镜。"

"那些有着假鼻子和假胡须的眼镜怎么样，就像那本名叫《我有趣》的书的封面上的小胡子造型？"西沃恩开玩笑说。

"完美，"马克斯说，"即使他们盗用了伦敦的每一个闭路电视摄像头，'公司'也永远认不出我们！"

冯·欣克尔教授穿着厚跟靴子，就像马蹄踩在水泥地上一样发出嗒嗒的响声。他正绕着他的前任扎凯厄斯·齐姆博士踱步。齐姆博士坐在一把直背金属椅子上接受盘问，他的双腿被铁链锁住，双手被塑料拉链带绑在背后。

"只要你告诉我你所知道的关于马克斯·爱因斯坦的一切，这些就都结束了。"冯·欣克尔说。他低沉但响亮的声音震得房间里的小物件嘎吱作响。

"教授，你的逻辑是有缺陷的。"齐姆说。他在"公司"手中所受的羞辱并没有耗尽他的傲慢。"如果我告诉你我所知道的，我就会失去与我的前雇主谈判的所有筹码。顺便说一句，这可能是你思考的一个好时机，当你的'提前退休方案'到期时，'公司'会如何对待你。"

冯·欣克尔走到一个位于工作台上的闪闪发光的铝制盒子前。他啪的一声打开锁扣，取出一个黑色金属球，有鸟蛋那么大。

"你熟悉我们监视公司的朋友开发的 T-2 追踪无人机吗？"薄薄的翅膀从小球的两侧弹射而出。

"当然。"齐姆博士对此有些嗤之以鼻。

"但是，你听说过全新的 T-3 吗？"他把黑球靠近齐姆的脸，"我帮他们设计的。看到沿其两侧排布的刺针列阵了吗？每一个其实都是一根皮下注射针头。无人机携带着微型瓶装的强效药剂，有些是用来制服别人的，有些是为了从一个不情愿的对象那里哄骗出真相的，有些则是用来置人于死地的。"

冯·欣克尔从他长外套的左边口袋里拿出一个细长的遥控器。T-3 追踪无人机突然启动，蜂鸟似的翅膀扇动着，像一架微型直升机一样在他手上盘旋。

"猜猜我们今天要用哪种药？"他面带一种扭曲的

笑容。

齐姆博士突然失去了百分之九十的傲慢。"致命注射？"

"太戏剧性了，"冯·欣克尔说，"不，扎凯厄斯，我想我们应该从吐露真相的药剂开始。"

他又敲了一下遥控器，无人机从他的手中飞向齐姆博士的右臂。它俯冲过去，用它的一个小针头刺向齐姆博士。输完药后，它迅速飞回桌子上，找到它的泡沫休息槽，和其他十一架躺在箱子里的 T-3 追踪无人机排在一起。

两分钟后，齐姆博士把他一直答应要告诉马克斯·爱因斯坦的话告诉了冯·欣克尔教授。

毫无保留。

"当我第一次见到马克斯·爱因斯坦时，她还只是个婴儿。"他用催眠般的语调叨念着，"当时我为了'公司'，冒充是新泽西州普林斯顿大学的访问教授。他们给我的任务是尽可能多地从学校窃取知识。有一天，马克斯无意中出现在我租的房子的地下室里。管家发现她在地板上爬来爬去，逐渐靠近了一个古董手提箱，里面只有一张爱因斯坦的照片和一张叫《爱因斯坦广义相对论的最大应用》的研究论文的封面。这就是我为什么给她取名为马克斯·爱因斯坦。"

"你没有寻找过她的父母吗？"

"找过，不过我没有把警察牵扯进来。有好几周，我雇了保姆和护士来照顾她。所有人都说这个孩子似乎拥有不同寻常的天赋和技能。就这么小的年龄而言，她非常聪明。"

"继续，"冯·欣克尔教授说，"接下来发生了什么？"

"感觉这个孩子很特别，我决定立即把她送到'秘密圣诞树农场'，那是'公司'在西弗吉尼亚州埃尔金斯城外维持的一个安全屋。"

"她的父母出现过吗？他们是否在寻找她？"

齐姆博士摇了摇头，说："她是被遗弃的，是个孤儿。我们在安全屋做了几次测试，立即意识到她拥有天才般的智商。不幸的是，不到一年，一个软心肠的心理学家，名叫维多利亚·巴特利特的博士，不喜欢我们把这个孩子当成她所说的'一只实验室的小白鼠'来对待。她抓起婴儿，把她放到了一个'我们永远找不到的地方'。"

"那'公司'找到巴特利特博士了吗?"

"是的,我们在波基普西城外抓住了她。她被转移到我们在格陵兰岛北部的再教育基地那里了。"

"是这样吗?"

齐姆博士点点头,沉重的下巴靠近胸前,口水从他的嘴角流下来。真相药剂让他昏昏欲睡。

"睡吧,扎凯厄斯,"冯·欣克尔用他那阴森的声音抚慰道,"睡吧。当你醒来时,如果你发现自己在格陵兰岛北部,请不要感到惊讶,说不定你还能和巴特利特博士重逢呢!"

有人敲了敲审讯室的铁门。

"进来。"冯·欣克尔说。

他的一个助手走进了房间。"很抱歉打扰了,教授。"

"我想这事很紧急吧?"

"是的,教授。我们有了一个线索。一个大学生确认了马克斯·爱因斯坦的身份,她现在住在伦敦的一家青年旅社里。"

冯·欣克尔啪的一声盖上了他装有无人机的盒子的盖子,不禁笑了出来。看来,他在世界各地的大学报纸上刊登以马克斯·爱因斯坦为主角的"失踪人口"

这一低技术含量的广告率先得到了回报。

"请指示那个发现我们'失踪女儿'的好人，不要让她离开他的视线。还有，马修？"

"怎么了，先生？"

"在伦敦组建一支抓捕队。立刻！马上！"

第四章　被朋友出卖

"女士们，你们需要收拾你们的东西，"第二天一大早里奥说道，"赞助人已经把整个CMI团队召集到了牛津，你们不会再回伦敦了。"

马克斯和西沃恩睡眼惺忪地揉了揉眼睛。

"里奥，你知道现在几点吗？"马克斯说。

"现在是英国伦敦早上六点十五分。我已经准备了一壶英式早茶，适合早上饮用。伦敦的帕丁顿站有一列开往牛津的火车，发车时间分别是七点十七分、七点三十一分、七点四十三分……"

"我们知道了，"西沃恩说，"从伦敦到牛津的火车有很多。"

"每天七十七趟，"里奥说，"平均旅程时间从

047

五十一分钟到一小时十四分钟不等。"

"本准备好向我们透露下一个大项目了吗?"马克斯问。

"他的加密信息在这方面没有具体说明,"里奥说,"不过,从逻辑上讲,如果我们不返回英国伦敦,那么我们一定会从牛津到另一个新的地方,那里可能就是我们的下一个项目所在地。"

里奥对"我们"和"我们的"这两个词的使用让马克斯笑了。仅仅一个月前,他还在为敌人卖命,帮助"公司"追踪马克斯并破坏 CMI 的行动。

"关闭电源,进入睡眠模式。"马克斯向他发出指令,"我们需要把你放回箱子里。"

"哦,太高兴了。"里奥说。然后,他打了一阵笑嗝之后,主动把自己关了起来。

西沃恩和马克斯旅行时都没有带很多行李。马克斯带着她的爱因斯坦纪念品手提箱和一个行李袋。西沃恩把她所有的东西都塞在一个背包里。她们把里奥放进克劳斯为运输机器人专门设计的滚动行李箱里,然后朝大厅走去。

奥利维娅,这个友好的大学生,马克斯(或梅芙)

曾帮她完成量子物理作业。此时她正在大厅里假装查看邮箱。马克斯知道她在假装，因为邮件通常在下午很晚的时候才送达。

"这么早你要去哪儿啊，马克斯？"奥利维娅说，"或者我还是应该假装叫你梅芙？"

"什么意思？"马克斯说。

"你的父母很担心你，马克斯。他们在帝国理工学院的报纸上登了一个广告，上面有你的照片和你的身世信息。"

"让我猜猜看，"西沃恩说，"马克斯的'父母'提供了奖励吗？"

"为什么这么问？不过确实是，有一万英镑的奖励。但那不是我打这个电话的原因。他们很想念你，马克斯。他们会在十五分钟内派人来接你。"

"可惜她马上就不在这儿了，"西沃恩说，"走吧，马克斯，我们还要赶飞机呢。"

"你们想去哪儿？"奥利维娅带着一种质询的口吻问道。

"罗马，"马克斯说，"我听说意大利面很好吃。"

"让开，小姑娘。"西沃恩说着，飞快地走在前面，带着滚动的行李箱往前冲，像扫雪机清理走廊一样。

"我要去告诉他们你们要去哪儿！"当她们拖着行李箱走下门廊的台阶，冲到街上时，奥利维娅在她们身后喊道。

"罗马是一个大地方！"马克斯答道，"他们永远不会找到我们。"

西沃恩叫了一辆出租车。她们把行李装好，然后向帕丁顿车站开去。

"故意告诉奥利维娅我们要赶飞机，这一招很聪明啊！"马克斯在她们出发时对西沃恩说。

"我知道，这就是为什么我在 CMI 工作。马克斯，我是个十足的天才。"

当出租车把他们送到帕丁顿车站时，马克斯和西沃恩在脸上贴了很多的贴纸，再次骗过了监控摄像头。当她们到达车站后，她们购买了车票（从自动售票机买票，这样可以避免人与人之间的互动，也防止有人记住她们的贴纸脸），并迅速找到了去牛津的下一班火车的座位。里奥的座位就在头顶的行李架上。上午七点十七分时，他们离开了帕丁顿站。

"真准时。"西沃恩说。

马克斯点点头，说："现在我真希望有一台时间机器。"

"干什么？"

"回到我第一次见到奥利维娅的时候，这样我就可以完全不去理会她了。我当时在想什么？我为什么要尝试与大学生交朋友？我应该一直隐藏身份的。"

"啊，这不是生活的方式，马克斯。你不能让'公司'把你变成一个隐士，总是在寻找下一个藏身之处。"

"我想……"

"那么，你觉得时间旅行真的可能吗？"

马克斯点点头："是的。"

"为什么？"

"因为爱因斯坦教授做到了。"

马克斯确信他们的"罗马计策"（西沃恩最开始这么称呼它）已经让"公司"的党羽们赶到希斯罗国际机场去抓她了。所以在火车上，她放松了下来，为西沃恩重现了她偶像著名的关于时间旅行的光钟思想实验。

"这里有各种各样的钟。"马克斯告诉她的朋友。此刻，火车正在沿着铁轨向北行驶，驶向著名大学所在地——牛津。"它们大多用来测量某一重复动作执行的次数，并发出有规律的嘀嗒声。从理论上讲，我们也可以用光来做一个钟。"

"怎么做呢？"西沃恩问，"是那种能把时间投射到天花板上的数字钟吗？"

"不，我说的是在两面已知距离的镜子之间反弹一个光脉冲。"

"你怎么让光反弹呢？它是橡胶做的吗？"

马克斯对她朋友的冷笑话回了个鬼脸。"这是个思想实验，西沃恩。爱因斯坦著名的实验之一，你只需要想象一下。"

"好吧，我要闭上眼睛了。我看到了一个弹跳的光球，它正向镜子撞去……"

"棒极了，弹跳的节奏是有规律的。"

"那当然，你还可以随它起舞。"西沃恩开始跟着想象中的节拍用脚打拍子。

"好的，现在让我们把光钟放在这列火车上。它在嘀嗒作响，对吗？"

"是的，我看光球在不停地上下弹跳。"

"现在我把光钟举到窗前。"

西沃恩奇怪地看了马克斯一眼，问："为什么？"

"这样外面的人就能看到它。"马克斯解释道。

"真是周到。"

"闭上眼睛。"

西沃恩照做。"闭上了。"

"再假设火车加速到光速的一半。"

"哎呀!最好不要,不然我可能会把饼干扔出去。"

马克斯耐心地说:"发挥你的想象力。"

"好吧,我们现在真的在呼啸前进。"

"这是特快列车,所以它会跳过下一站,但是有个人站在站台上。"

"他叫什么名字?"

马克斯翻了翻白眼,说:"无所谓。"

西沃恩咧嘴一笑,说:"马克斯,这也许对你来说是无所谓的,但对他来说可不是。"

马克斯深吸了一口气,说:"好吧,那我们就叫他鲍勃吧。当我们飞驰而过时,鲍勃正站在站台上,看到了我挂在窗外的钟。但他看到的和我们不一样。鲍勃看到的不是一个沿直线上下跳动的光球,而是光映射出的一系列三角形。"

"鲍勃懂三角函数吗?就是对三角形的研究。"西沃恩问道。

"他确实懂，我们的朋友鲍勃是个非常聪明的家伙。"

"那么，"西沃恩说，他和你一样是数学奇才，"他对那些飞驰而过的直角三角形做了一堆勾股定理计算，并计算出了它们对角线斜边的长度。他测量出的时间和你我在特快列车上的不一样。对他来说，时间走得更慢了。"

"没错，对我们来说，时间在正常流逝。对他来说，时间放慢了。所以，这就是矛盾所在。相对运动而言，时间的流速是不同的：对处于静止状态的人来说，一个移动的光钟看起来总是运行缓慢。这就是为什么我们需要考虑到爱因斯坦的相对论和时间膨胀理论，以使整个 GPS 系统运行。所有这些车载导航都依赖于环绕地球快速移动的卫星上的极其精确的时钟。如果我们忽视爱因斯坦告诉我们的移动时钟变慢的道理，那么没有人能在地图应用程序上找到他们要找的东西。"

"所以，如果我们在想象中的半光速特快列车上停留足够长的时间，随着我们的时钟在鲍勃的世界中变

A.

B.

慢，我们可能会去到鲍勃的未来，对吗？"

"对。"

"最后一个问题。"

"什么？"

"鲍勃在未来会不会有一个更好的发型？因为，说实话，从我的想象来看，我认为他的妈妈只是把一个碗扣在他的头上，然后沿着边缘修剪了一下。"

她们笑过头了，差点忘了在牛津站下车。

但就在这时，有人开始用拳头砸他们的车窗。

"里奥在哪里？"从玻璃的另一边传来克劳斯异常激动而又模糊的呼喊声。"他为什么没和你们一起来？"

马克斯被这突如其来的声音吓得心脏狂跳，她指了指头顶上的行李架。

"你让他坐在箱子里从伦敦一路过来？"克劳斯听起来很惊恐，"残忍的恶魔！"

自从他们把机器人莱纳德从"公司"带走后，脾气暴躁的克劳斯（他一度想接替马克斯成为 CMI 团队的领队）已经变得更加成熟了。他的全部注意力都转移到了制造神奇的新式机器人上，他把这个机器人重新命名为里奥。

马克斯和西沃恩迅速拉下这个机器人的滚动行李箱，拿上她们的东西，匆匆下了火车。克劳斯立即打开里奥的箱子，确保他在旅途中"没有窒息"，尽管机器人不会呼吸。

查尔和伊莎贝尔，负责保护 CMI 团队的安全小组也在站台上。查尔和伊莎贝尔都不愿透露自己的姓氏，但他们都十分擅长武术和使用战术武器。他们就像一支双人突击队。

"我相信你们的旅程并不引人注目吧？"查尔用他那难以辨认的东欧口音说。

马克斯点了点头，说："从我们上了火车开始，到现在还好。"

"马克斯的身份在伦敦被揭穿了。"西沃恩说。

"我们知道。"伊莎贝尔说。她的口音跟查尔比，略带点异国情调。

"'公司'可能以为我在去罗马的路上。"马克斯笑着说。

查尔点点头："他们派出了一支由两个成员组成的突击队前往希斯罗机场。引起了一阵骚动。他们还对自己在意大利的势力发出了戒备命令。"

"很好，"西沃恩说，"只要他们不知道我们在这里就行。"

"他们不知道，"伊莎贝尔说，"你们俩现在可以把脸上的贴纸撕下来了。"

"哦，对。"西沃恩说。

"英国范围内的所有威胁都消除了。"里奥说道。克劳斯把他从盒子里拖出来，给他通上电。

"我们走吧，"查尔说，"我们有一辆电动越野车。"

"里奥不会被放到后面的行李里，"克劳斯厌恶地斜眼看了马克斯和西沃恩一眼，"坏蛋！"

距离伦敦五十一英里[①]的牛津市，是全世界著名的大学之一的所在地。八百多年前，牛津大学的第一所学院在中世纪的建筑里开设，这些建筑看起来像城堡和大教堂，因此有个诗人称牛津为"梦幻尖塔之城"。

伊莎贝尔坐在越野车的方向盘后面，她是一个技术十分娴熟的司机。事实上，她太厉害了，都可以在《速度与激情》电影里当个特技司机。

---

① 英里：英美制中的长度单位，1英里 = 1760 码 = 5280 英尺，约等于 1.609344 千米。

当他们开车穿过这座令人敬畏的城市时，马克斯的胳膊上起了鸡皮疙瘩。不是因为那些令人叹为观止的建筑，而是因为她意识到自己身处另一个空间，阿尔伯特·爱因斯坦在不同的时间里访问过这里。二十世纪三十年代初，他在这所著名的大学做了一系列讲座。学院的院长们对他印象深刻，以至于保留了他讲课时用过的黑板，以及上面所有的粉笔笔记。现在这块黑板在该大学的科学史博物馆里展出。马克斯希望她能有时间去看看。

越野车在一栋大楼前停了下来，这栋大楼看起来更像中世纪的修道院，而不是宿舍。

"这是接下来几天的住处，"查尔说，"每个人都下车。"

克劳斯在马克斯爬出来之前拍了拍她的肩膀。"你应该好好照顾里奥。"当其他人走到人行道上时，他低声对她说。"他知道一些事情。"

马克斯好奇地扬起眉毛。

"在我们把莱纳德从'公司'解救出来后，"克劳斯低声说，"我并没有完全格式化他的人工智能功能。我留下了齐姆博士教给他的关于你的东西。"

真正的高等教育大教堂

"势利（snob）"一词源于牛津大学，是拉丁语短语"Sine nobilitate"的缩写，意思是"不高贵的"。

西沃恩，伊莎贝尔和我是在1878年之后来到牛津的。在那之前，牛津大学不接收女性。

家，起源地和出生地。

第五章　欢迎来到牛津

查尔、伊莎贝尔、里奥还有克劳斯待在外面，而马克斯和西沃恩走进了宿舍大厅。

马克斯希望里奥能跟着她。她想立即下载克劳斯发现并储存在机器人里的关于她童年的事情。现在她担心克劳斯会要求里奥成为他的室友。

"嘿，马克斯！怎么样，西沃恩？"

来自加利福尼亚州奥克兰的杰出计算机青年科学家基托，是第一个在宿舍楼发霉的大厅迎接他们的"变革者"。基托在硅谷海湾大桥的另一边长大，这就像是住在新泽西州，却能看到纽约的摩天大楼。基托肩上扛着一个电脑大小的芯片，对每一个愿意听他讲话的人说，他注定会成为"下一个史蒂夫·乔布斯"。

"嘿，基托，"马克斯说，"见到你真高兴。"

"是啊，"神气的基托说，"我经常听到这样的话。"

"其他人在哪儿？"西沃恩问道。

"在我安排的自习室里。"一个刚走进大厅的中年妇女厉声答道。她就是塔里·卡普兰女士，在耶路撒冷举行的第一次变革者聚会上，她是一个严肃的"女舍监"。

"他们在自习室里干什么？"西沃恩问。

"学习。"卡普兰女士冷冷地回答。

"为什么要学习？"马克斯问，"本告诉他们我们的下一个任务了吗？"

"没有，"卡普兰女士说，"他们只是在明智地利用时间。"

"好吧，我们去打个招呼吧。"马克斯说，"我迫不及待地想要带领大家完成下一个任务了。"

"太对了！"西沃恩说，"我们要再一次拯救世界！"

"太好了！"基托喊道。

卡普兰女士摇了摇头。"我想，你们年轻的理想主义是值得称赞的。然而，这还不够。理想主义很快就会在严酷的经验之光中枯萎。它不可避免地会被时间和现实碾碎，你们会看到的。"

基托说："有没有人告诉过你，你真是个扫兴者。"

"没有，他们说我是个现实主义者，因为我就是这样的人。你们三个走吧，其他人已经走在你们前面了。"

"在我们前面？"西沃恩说。

"是的，他们在备考方面领先一步。"

"考试？"马克斯说，她和她的偶像阿尔伯特·爱因斯坦一样讨厌考试。爱因斯坦不喜欢把事实塞进脑子里，他认为他总能在书里查到这些。他认为教育应该训练大脑，马克斯完全同意。

"来吧，马克斯，"卡普兰女士说，"我不会让你再一次拖我们后腿的。"

再一次？马克斯想，她什么时候拖过 CMI 团队的后腿？

也许是他们第一次参加考试的那次，她甚至在一次考试上中途退出。

"卡普兰女士，"西沃恩说，"马克斯是我们的领袖，天选之人。因为本选择了她，还记得吗？"

"对前两次任务来说，是。"卡普兰女士说着，一边快步穿过发霉的走廊。"不过，她可能没有能力带领我们走向未来。"

"哦，糟糕。"基托说，"这太阴暗了，我都觉得冷了。"

最后，卡普兰女士停下脚步，转过身来。

"不，基托，那不是阴暗。这只是对我们情况的一个现实评估。正如我所说，我是一个现实主义者。你们三个最好也能成为这样的人！"

马克斯真的不在乎自己是不是天选之人，也不在乎自己是不是说了算的大人物。

她只是想在这个世界上做好事。

团队的其他成员也是如此，也许不包含卡普兰女士。她似乎沉迷于头衔和权力。

"远离消极的人，马克斯。"她脑海中温柔的爱因斯坦敦促道，"记住，他们总是对每个解决方案提出问题，远离那些贬低你野心的人。"

"有时候我做不到，"她默默告诉她内心的爱因斯坦，"有时候他们才是做主的人！"

卡普兰女士领着大家走进了一个有着高高拱顶的

房间。墙壁镶有深色木板。有些窗户上装饰着彩色玻璃。到处都是蒙着灰尘的伟人和受人尊敬的教授的油画肖像，都装在镶着金边的画框里。有那么一瞬间，马克斯以为她被带到了霍格沃茨学院。

团队的其他成员都坐在自习室的长桌旁，翻阅着成堆的书籍。

马克斯微笑着扫视了一下闷热的房间，她的队友们都很出色。这就像一次天才复仇者联盟的重聚。

她的爱尔兰朋友西沃恩是一个地球科学专家。这意味着她了解地球及其秘密。西沃恩的目标是什么？她希望有一天通过准确预测地震、飓风和洪水等灾难性事件来帮助拯救生命。

基托是一个计算机科学高手（他自己的说法），没有他破解不了的密码。

来自中国的托马是一个崭露头角的天体物理学家，他和马克斯一样，对爱因斯坦的黑洞理论很着迷。托马对暗物质和虫洞也很感兴趣。他通常穿着带有星际信息的 T 恤，今天的 T 恤只写着"太空迷"。

来自日本的哈娜，是一个植物学家，完全痴迷于植物。她是一个素食主义者，认为如果每个人都遵循

以植物为基础的饮食习惯，那么这个星球就会好得多。你不会想和她谈论肉牛和甲烷气体。

还有蒂莎，来自肯尼亚的生物化学家，和马克斯一样讨厌考试。也许这就是为什么她们会成为这么要好的朋友。蒂莎还让所有人都知道，尽管她的父亲是全非洲最富有的实业家之一，但这与她入选 CMI 团队完全没有关系。"本不需要我父亲的钱，"她会说，"他的钱已经够多了。"

来自德国的安妮卡是逻辑大师，她认为逻辑学是一门与化学、生物学和天体物理学齐名的科学。"没有逻辑，"她认为，"其他任何科学都无法发挥作用。"

维哈恩的家在印度，尽管他只有十三岁，却拥有量子力学的大学学位。但他不在牛津，因为他的家乡需要他来监督大获成功的水净化项目。尽管"公司"竭力破坏他们的计划，但维哈恩所在社区现在有了干净的水，这是许多人眼中理所当然的事情。

当托马、哈娜、蒂莎和安妮卡从学习中抬起头，看到马克斯时，他们欢呼起来。

克劳斯和里奥在她身后大步走进房间。

"这就对了。"克劳斯说，假装掌声和欢呼声是为他准备的。"我来了，里奥也在，是时候开始派对了！"

"这不是派对，克劳斯。"卡普兰女士厉声说，"这是一项极其严肃的工作。"

"这并不意味着我们现在必须十分严肃，不是吗？"蒂莎带着灿烂的微笑说，"只是说说而已，女士。"

"虽然我们聪明，"安妮卡补充说，"但并不意味着我们需要闷闷不乐。"

"那么，让我们忙起来吧。"基托说，"下一个我们要解决的全球性问题是什么？"

"世界饥饿问题。"一个声音从查尔刚带进房间的微型蓝牙扬声器里传出来。是本！

马克斯咧嘴一笑。这是真的，现在正式到了回去工作的时候了。

马克斯已经迫不及待了。

就在她得知里奥知道她的过去之后。

"欢迎来到牛津。"本的声音从扬声器里传出来，"我把大家召集到这里，是因为世界上重要的全球粮食危机专家之一——戈登·理查兹先生，将在罗德楼做一系列演讲，这个地方就在牛津。"

有那么一刹那，马克斯完全忘记了里奥和埋藏在他记忆芯片里的秘密。

1931 年 5 月，阿尔伯特·爱因斯坦曾在牛津大学南公园路的罗德楼发表演讲。他谈到了宇宙中物质的密度（可惜托马没在现场听那个讲座）。爱因斯坦还被该大学授予荣誉理学博士学位。罗德楼是马克斯希望能在大约九十年前参观的一个地方。

"卡普兰女士会告诉你们细节的，"本继续说道，"我只是，你们懂的，我想说，欢迎来到牛津，祝你们好运。如果有人能解决世界饥饿问题，我希望就是你们！所以，就像我说的那样，祝你们好运！舞台是你们的了，可不要照字面理解。它是牛津大学的，所以……"

发言人沉默了片刻。

"别介意，"本说，他显然讨厌在公共场合讲话，即使没有人能看到他。"还是老样子，如果你们需要任何资源或者资金，给我打电话就行。"

然后，一声按键音传来，他就挂断了。

卡普兰女士大步走到房间前面。

"你们应该做笔记，"她宣布道，"这是期末考试要考的。"

"考试?"蒂莎说出了马克斯的想法。

"是的,蒂莎。你没听错,我们将进行一系列新的测试,来决定你们当中谁是新的项目负责人。这项解决世界饥饿问题的任务如此重大,除了目前的人才,可能还需要其他不同的人才。"

换句话说,卡普兰女士认为马克斯不应该再是那个天选之人。

卡普兰女士按下遥控器,一个看起来十分得体的英国绅士的投影图像填补了整面白墙。

"来认识一下戈登·理查兹先生,他是全球饥饿危机的首席思想家。在他的讲座中,理查兹先生将聚焦我们全球粮食供应至关重要的严峻问题,从农业科学发展到粮食安全政治。他还将概述一项可持续和可实现的消除饥饿计划。"

"我们会想出更好的办法。"基托说。

"也许吧,基托。"卡普兰女士一脸嫌弃地给了他一个斜眼,"但我们都能从理查兹先生身上学到很多东西,即使是像你这样所谓的天才。我们希望这些讲座能激发新思想、新思维。更重要的是,为这个团队提供新领导。"

哇，她是真的想把我降职。马克斯想。

马克斯大胆地举起了手。

"怎么了，爱因斯坦？"卡普兰女士说，实际上，她对此嗤之以鼻，"你有问题吗？"

"是的，讲座是什么时候？"

"明天，第一场将在早上八点整开始。"

"好的，谢谢。"这就意味着马克斯有一整晚的时间去查清里奥对她的了解。当然，前提是克劳斯会让她与他心爱的机器人独处几个小时。

第六章　世界饥饿宴会

"又让她溜走了？"女董事会主席问道。

她用拳头捶打桌子，把那些在这个皱着眉头的亿万富翁面前排成一排的水晶高脚杯弄得叮当作响。

冯·欣克尔教授笑了笑。这是他第一次被"公司"董事会"训斥"，但他乐在其中。那些在大桌子上发言的所谓的董事都是些废物。他们一直不欣赏他的才能。

至少现在还没有。

"真是见鬼了，小子。"得克萨斯人咆哮道，"你比那个齐姆博士还差劲。你雇的英国刺客，就因为那句'我要去机场搭飞机去罗马'的老掉牙的假话而上当？太差劲了，小子，那套把戏太俗套了。你在伦敦的手下为什么不使用某种追踪设备或者接入他们在那里安装的所有监控摄像头？"

冯·欣克尔教授耐心地等待着这个愤怒的得克萨斯人的耳尖从红色变成粉色，最后变成了肉色。"你讲完了吗？"他若无其事地问道。

"我想是吧。"得克萨斯人说。

"好的，那么请允许我向各位介绍一下最新情况。我们并没有在伦敦弄丢马克斯。我们只是把她从藏身之处赶了出来。就像把鸟从灌木丛中赶出来，然后用猎枪扫射它们一样。我们现在百分之百确定马克斯·爱因斯坦和她大多数 CMI 同伴都已经聚集在牛津。"

"就是英国的高等学府那里？"得克萨斯人问。

"是的。"冯·欣克尔答道。

"你是怎么知道这个消息的？"董事会主席问道。

"老式的方法，没有监控摄像头，没有卫星图像，没有追踪设备，只有可靠的人员情报。"

"你在那里有线人吗？"

冯·欣克尔点点头："的确是这样。"

"是谁？"女主席问道。

冯·欣克尔又笑了笑，说："对不起，女士。这些信息是保密的。"

"这个小女孩的安全状况如何？"得克萨斯人问，"她受到很多保护吗？"

"几乎没有，"冯·欣克尔嘲笑道。"有两个突击队员守卫着马克斯和其他孩子。他们的名字是查尔和伊莎贝尔。"

"姓什么？"另一个董事会成员问道。

冯·欣克尔摇了摇头。"他们不喜欢用这些。我怀疑查尔和伊莎贝尔也是假名。"

"嗯？"得克萨斯人咕哝着。

"他们用的是假名字。还有一个成年人和这些小孩在一起。来自耶路撒冷变革者协会的一个脾气暴躁的人，名叫塔里·卡普兰，是个中年妇女。但是，她绝不是威胁，她只是个老师。"

"那我们的机器人呢？他也在牛津那边吗？"

冯·欣克尔点点头。

"那你还在等什么？滚回英国去！去找马克斯·爱因斯坦和莱纳德。"

"你可以借用 SST^{①}。"女主席说。

冯·欣克尔又得意地笑了，他知道他们会给他SST。

SST 是超音速飞机的意思，是飞得比音速还快的飞机。尽管协和式飞机（唯一的商用 SST）因其燃烧会产生废气以及震碎窗户的音爆，多年前就被禁止飞行，但"公司"仍然有着自己的秘密 SST。它的飞行速度是音速的二点二倍，从西弗吉尼亚州飞到伦敦只需要三个多小时。

"谢谢你让我使用这个飞机。"冯·欣克尔一边说着，一边微微鞠躬。"这肯定会加快我的任务交付时间。"

"没抓到马克斯·爱因斯坦，你就不用回来了！"得克萨斯人尖叫道，"没把我们的机器人带回来也一样！"

"放心，保证完成任务。"

"公司"的超音速私人飞机可容纳八人，这就是这个教授所需要的。那样就有足够的空间容纳他和他的

---

① SST：Supersonic Transport 的简称。

抓捕队中的七个全副武装的雇佣兵。他们是一些愿意不惜一切代价完成任务的人。

马克斯和莱纳德不会知道是什么袭击了他们。

马克斯还没来得及入住宿舍，了解里奥知道些什么，她和其他人——还有查尔和伊莎贝尔——就被带进了餐厅，参加卡普兰女士所说的"世界饥饿宴会"。

餐厅里摆了三张桌子。其中一张桌子上有非常漂亮的盘子、水晶餐具和精致的亚麻桌布，中间摆放着漂亮的紫色玫瑰。第二张桌子是为两个人准备的，有一次性塑料杯、塑料勺子和纸盘。第三张桌子没有椅子，也没有真正的餐具——只有一堆塑料杯和一堆纸盘子堆在中间。

"看起来像个垃圾堆。"西沃恩小声对马克斯说。

"欢迎来到饥饿宴会，"卡普兰女士说，"在我们吃饭之前，让我们做个小测验。"

马克斯瞥了蒂莎一眼，两人都翻了翻白眼。卡普兰女士是真的喜欢布置小测验和考试。

"人口过剩是饥饿的主要原因，对还是错？"卡普兰女士继续说道。

"对！"克劳斯脱口而出，他总是想成为班里最聪明的男孩。

"错，世界生产的粮食足以让地球上的每一个人每天摄入三千五百卡路里的热量。这些多余的热量足以让我们大多数人发胖。"

略显矮胖的克劳斯低头看着自己的鞋子。

"饥饿无论是对年轻人还是老年人、男人还是女人、男孩还是女孩都有同样的影响，对还是错？"卡普兰女士问道。

"错！"基托说。

"回答正确，"卡普兰女士说，"绝大多数因饥饿而死亡的人是五岁以下的男孩和女孩，老人和妇女。"

当卡普兰女士又问了几个判断正误题后，马克斯意识到这个新项目将是一个艰巨的任务。解决世界饥饿问题要比为印度找到清洁水源或为非洲偏远村庄找到廉价电力困难得多。

"现在，那么，"卡普兰女士说，"假设我们十个人代表世界人口。百分之十的人将生活在富裕国家。"[①]

"那意味着我们中只有一个人是富裕的。"安妮

---

① 文中相关数据为文章设定的一部分。

卡说。

"没错，安妮卡，请到富桌坐吧。"卡普兰女士指
了指那张摆满鲜花和精美餐具的漂亮桌子。"你将享受
一顿丰盛的晚餐，有肉、新鲜蔬菜、一些可爱的烤土
豆、一杯牛奶，还有甜点蛋糕。"

安妮卡独自坐了下来。一个服务员拿着一个圆顶
盘子走进餐厅。银色盖子下面的东西闻起来很香。

"您想现在喝牛奶，"服务员问，"还是吃甜点
时喝？"

"和蛋糕一起。"安妮卡兴奋地说。

"当然可以。"服务员鞠了一躬就走了。

卡普兰对其余的人说："你们中有百分之二十的人
生活在中产阶级国家。"

托马说："那只有两个人。"

"是的，那就是查尔和伊莎贝尔，祝贺你们。你们
努力工作，有足够的食物来满足需要。今晚，你们将
吃到米饭和豆子，还将喝上干净的水。"

"没关系，"查尔说，"我们不需要米饭和豆子。"

"应该有两个孩子坐在中产阶级的桌子上。"伊莎
贝尔补充道。

卡普兰女士摇了摇头说："不行，按我说的来。"

查尔和伊莎贝尔坐了下来。服务员端来一锅米饭，一碗热气腾腾的黑豆，还有一壶清水。

"那就剩下我们其他人了。"卡普兰女士指了指摆着一次性杯子和盘子的桌子，"我们将代表世界上百分之七十的贫困人口。我们没有足够的食物，没有干净的水。每一天，我们都必须做出艰难选择，决定谁来吃、吃多少。今晚，我们七个人将分享一小锅米饭和一些来自我们村子里的井水。"

"我们的椅子在哪儿？"基托问道。

"还有餐具呢？"克劳斯抱怨道。

"我们买不起椅子之类的奢侈品。"卡普兰女士说，"我们要坐在地板上，用手吃东西。"

"可是地板上到处都是垃圾。"蒂莎说。

"是的，"卡普兰女士说，"有垃圾。"

这时，服务员端着一小锅米饭和一壶看起来很恶心的暗棕色液体走了进来。"就像我们解决清洁水问题之前，维哈恩爷爷村子里的水一样。"马克斯想。

"我们的米饭和水来了。不幸的是，这是脏水。"

克劳斯举起了手。

"有什么问题?"

"米饭是用脏水煮的吗?"

卡普兰女士点了点头。

"好吧。"

"拜托,穷人们。"卡普兰女士说,"跟我一起,坐在地上,把米饭分一分。我们得决定谁分得多,谁分得少。请记住,地球上百分之七十的人口在他们生命中的每一天都必须做出同样的抉择。"

马克斯和西沃恩与其他人一起蹲在地上。卡普兰女士用纸碗盛了一点米饭。没有人说渴了要喝水,也没有人说饿了要吃米饭。

"明天,"西沃恩小声对马克斯说,"作为早餐,你和我分吃一整个至尊比萨。"

当世界饥饿宴会结束时,卡普兰女士做了一个简短的演讲,希望他们每个人都从用餐的经历中学到一些东西。

"是的,"基托说,"我知道了我的胃在空空如也的时候真的会咕咕叫。"

每个人都笑了,除了安妮卡。她正忙着舔掉蛋糕叉上的最后一点糖霜(她用不同的叉子来吃她那顿丰盛的乡村大餐）。

"你们可以走了，明天早上再听讲座。"查尔说。

他刚说完，克劳斯就冲出了房间。

"哎呀，"西沃恩说，"他这么着急要去哪儿？"

"我怀疑他是去打电话订购一份比萨。"基托喃喃地说。

"走吧，"马克斯对西沃恩说，"我们得去借用一下里奥。"

这两个朋友跑开了。

"马克斯！"伊莎贝尔喊道，"回你的房间去，我们在牛津不准深夜闲逛。西沃恩，马上带马克斯回你房间。"

"我会带她回去，"西沃恩说，"等我们借到了里奥！"

西沃恩和马克斯跟着克劳斯走过一条走廊。他向右一拐，顺着台阶往下走。西沃恩和马克斯也跟着右转，走下台阶。

"克劳斯？"他们喊道，"克劳斯！"

"怎么了？"

台阶尽头，克劳斯站在明亮的灯光下，在口袋里翻着什么东西。看到他们，他显得非常吃惊。

马克斯放慢了脚步，突然变得谨慎起来。

克劳斯在搞什么？他会不会在做什么坏事？和邪恶的"公司"有关？

西沃恩和马克斯走到台阶尽头，看到了奇怪光线的来源。马克斯对自己的怀疑咯咯地笑了起来。灯光从一台自动贩卖机里照射出来，里面装满了糖果和一袋袋英国人称之为脆片，而美国人称之为薯片的东西。

"你们谁有五十便士吗？"克劳斯问道，双手深深插在裤子口袋里。

"这就要看情况了，"西沃恩说，"你今晚会让马克斯借走里奥吗？"

"当然，如果她有五十便士的话。"

马克斯在她的口袋里翻了翻，发现了一枚五十便士的硬币。

克劳斯得到了他的糖果。

马克斯得到了里奥。

"很高兴再次见到你，马克斯。"里奥在西沃恩和马克斯的宿舍里通电后说。

"我也很高兴见到你，里奥。"马克斯说。

突然，窗户上的玻璃嘎吱作响。

"哎呀，"西沃恩说，"那是什么鬼东西？"

"听着感觉像是音爆。"马克斯说。

"同意。"里奥说。

"附近一定有一个军事基地。"

"我可以帮你查一下。"里奥说。

"现在不行，"马克斯说，"我们还有更重要的事情要讨论。"

"我想我该给你们留点私人空间。"西沃恩说着，从一个小零钱包里掏出一把硬币。"我突然想吃一些奶酪洋葱口味的薯片，巧克力棒也可以。我在楼下的自动贩卖机里看到了这两样东西。"

她离开了房间，里奥和马克斯单独待在一起。

马克斯开门见山，因为跟机器人兜圈子是没有用的。"对了，你怎么从来没提过齐姆博士跟你说的关于我的事？"

"我不记得你曾经要求过提供这一具体信息，马克斯。"里奥闭上眼睛。马克斯能听到他的硬盘嗡嗡作响。"检查，正在检查，已确认。我已经浏览了我们对话的完整目录，这个问题从未被提及。"

马克斯恼怒地呼了一口气，真是个机器人。"好吧，我现在就问。你知道我是谁，我从哪里来吗？"

"我所知道的只有齐姆博士下载到我记忆芯片里的东西。"

"知道什么？"

"十二年前，你还是个婴儿。"

马克斯翻了翻白眼。有时候，和机器人对话会令人非常沮丧。

"十二年前我当然还是个婴儿，"她厉声说，"那是我出生的时候。"

"我们可以假设这是正确的。"

"嗯？"

"齐姆博士在你还不会说话的时候发现了你。你在他的地下实验室的地板上爬来爬去。因此，他推测你当时有七到十个月大。"

"等等，我在齐姆博士实验室的地板上爬来爬去？"

"是的。"

"这个实验室在哪儿？"

"在一个地下室里。"

"这个地下室在哪儿？并且，里奥，我向你保证，如果你说'在房子下面'，我肯定会尖叫。"

"地下室位于新泽西州的普林斯顿市，离大学不远，齐姆博士在那里为'公司'做情报间谍工作。"

"我来自新泽西州？"马克斯说。

"看起来是这样。"

"我的父母是谁？"

"未知。"

"关于他们，齐姆博士跟你说了什么？"

"他从未找到你的亲生父母。不过，他找到了你的手提箱。"

"什么？"

里奥指了指马克斯的爱因斯坦纪念品手提箱。

"你的手提箱，齐姆博士第一次看到它时，也就是十二年前，它并不像现在这样杂乱无章。十二年前，里面只有一张爱因斯坦教授的照片。与此同时，还有一张题为《爱因斯坦广义相对论的最大应用》的学术论文的封面。"

"谁写的论文？"

"对不起，我没有这方面的信息。"

"手提箱上有我父母的名字吗？"

"没有，但有你的。"

"有个名字牌吗？"

"不是，是齐姆博士给你起了名字。他根据那篇学术论文的标题取了这个名字。齐姆博士是第一个叫你马克斯·爱因斯坦的人。"

里奥不再说话。

"就这些吗？齐姆博士知道的就这些吗？"

"是的，马克斯，就这些。"

知道的不算多，马克斯想。

"啊，但这是个开始。"爱因斯坦在她脑海里欣然说道，"别忘了，我也在新泽西州的普林斯顿度过了很长一段时间！"

那里会不会有更多关于她过去的线索等着被发现呢？

第七章　新任务下达

第二天早上，马克斯仍然很沮丧，因为里奥并不真正了解她的过去（并且她意识到齐姆博士一直在对她撒谎，因为他承诺会告诉她"你想知道的一切"），马克斯和 CMI 团队的其他七个成员前往罗德楼，听戈登·理查兹先生发表关于世界饥饿问题的演讲。

这就是马克斯早餐只吃了一根香蕉的原因。

在昨晚的世界饥饿宴会之后，她还在想着世界上的很多人每天都要靠一碗米饭过活，就不那么饿了。她甚至拒绝了西沃恩从自动贩卖机那里买来的巧克力棒。

查尔和伊莎贝尔以及 CMI 团队的其他成员一起去了演讲厅。他俩戴着墨镜还有头戴式耳机，负责安保工作。卡普兰女士则留在宿舍，用她自己的话说，是为了"完善即将到来的领导力考试"。是的，只要卡普兰女士在，就会有考试，很多很多的考试。

马克斯认为爱因斯坦教授不会认同卡普兰女士的方法。"教学应该是这样的，所提供的东西被认为是有价值的礼物，"他曾经说，"而不是艰苦的任务。"

卡普兰女士提供的全是艰苦的任务。

马克斯认为戈登·理查兹先生在舞台上的演讲非常迷人。1931年，阿尔伯特·爱因斯坦也曾在这个舞台发表演讲。她能理解为什么本想让变革者们听听戈登说的话。

"昨晚，"理查兹先生说，"许多人饿着肚子睡觉。"

"是的，"基托咕哝着，"我就是他们中的一员。"

"没有足够的食物会导致饥饿，当然还有营养不良，这是世界大公共健康风险之一——远超艾滋病、疟疾和结核病的总和风险。"

"本这次肯定没有给我们选一个简单的任务。"安妮卡小声说。

在描绘了问题的严峻形势后，理查兹先生概述了几个可能的解决方案。马克斯做了笔记。

他说："我们应该减少用于内燃机的生物燃料，将它们用于粮食。对我来说，这是个难题，我们需要停止第一世界的肉食盛宴。目前，百分之四十的粮食作物被用来喂养牛、猪和鱼，而不是人。我们必须努力支持小农户，特别是由妇女拥有和经营的小农场。最后，我们必须鼓励经济增长。更多的贸易和开放的市场将有助于粮食的流通。"

理查兹先生在演讲结束时宣布，联合国一百九十三个成员国已经提出了一个惊人的宏伟目标：到 2030 年消除贫困和饥饿。

这个目标并不遥远。

如果联合国要实现这一目标，马克斯和她的团队，以及世界各地的人们，肯定需要提供帮助。

听了理查兹先生的演讲后，马克斯和她的朋友们都很兴奋。他们漫步回宿舍时，开始不停思考，想办法。

哈娜说："我喜欢他所说的，从我们的全球饮食中消除肉类。"

"因为你是素食主义者，"克劳斯说，"你吃过素食香肠吗？"

"吃过，"基托说，"味道还行。"

"仅代表你个人的观点。"

"对我来说，我觉得让更多的女性投入农产这个方法会有效。"西沃恩说。

"你们知道吗？"安妮卡说，她喜欢随意收集一些事实用于她的逻辑论证，"如果女性农民能像男性农民一样获得资源，世界上饥饿人口的数量可以减少一亿五千万。"

"谁说的？"克劳斯问道。

"粮农组织。"

"他们是谁？"

"联合国粮食及农业组织。"

"你怎么看，马克斯？"蒂莎问道。

"你们说的都有道理，"她回答道，"对这么大的问题，我们可能需要什么都尝试一点！"

"等我们到了美国再谈。"查尔说。

"哇，"基托说，"我们要回美国了吗？"

伊莎贝尔点点头，说："本刚给我们发了新的行动指令，我们要飞往美国。他希望我们与新泽西州普林斯顿大学高等研究院合作。"

“嘿，马克斯。”克劳斯说，"你的偶像阿尔伯特·爱因斯坦不是在那里做了很多研究吗？"

"是的，"马克斯说，"从 1933 年开始，他一直在高等研究院工作，直到 1955 年去世。"

托马说："普林斯顿会是个很棒的地方。"

"收拾你们的东西，伙计们。本的私人飞机正在待命，我们要尽快飞往普林斯顿。"

马克斯笑了。

因为，如果里奥告诉她的是真的，她就不仅是飞去普林斯顿了，她是飞回家。

"变革者协会"团队的八个成员，加上查尔、伊莎贝尔、卡普兰女士和里奥，都将乘坐一辆大面包车前往基德灵顿机场，一个位于牛津以北约六英里的私人机场。

有些孩子，比如克劳斯和蒂莎，带着几个巨大的行李箱。卡普兰女士则有六个行李箱，马克斯估计她大部分箱子里都藏着考卷。

"车里很难容下我们十二个人，"查尔说，"我们需要把行李和装备放到车顶上去。"

"在这方面我可以提供帮助，"里奥说，"我有工业强度的液压臂，能够举起几百磅①的重量。"然后他咯咯地笑了起来。

当所有的行李箱、行李袋和放置里奥的箱子都被绑在车顶上后，这辆面包车看起来就像一头驮着太多货物的骡子。

伊莎贝尔端详着车顶上堆积如山的行李，叹了口气。"这将限制我随心所欲开车的能力。"

马克斯咧嘴一笑。她知道伊莎贝尔喜欢怎样开车，她开得又快又疯狂。

大家都挤进了面包车。马克斯、克劳斯和里奥坐在后排的长椅上。

"每个人都在吗？"查尔一边问，一边快速清点了一下人数。"很好，我们出发吧。"

面包车在沉重的负荷下发出呻吟，摇摇晃晃地驶离庄严的宿舍城堡。

"我想提醒各位关于我们的最佳创意竞赛。"卡普兰女士在前往机场的路上说。

"竞赛？"蒂莎抱怨道，"为什么我们不能一起

---

① 磅：英美制中的质量单位，1 磅 = 0.4536 千克。

合作？"

"因为，"卡普兰女士说，"竞争会激发人的肾上腺素，能让人想出更多的好点子。在飞机上想想解决世界饥饿问题的办法。谁的想法最好，谁就会成为新的领队，新的天选之人。"她说这话的时候看着马克斯，"不会吧？你是不是觉得这个职位永远是你的？"

马克斯依然面无表情，她不会陷入卡普兰女士的圈套。她不想做任何可能危及她去普林斯顿的机会的事情，那是爱因斯坦教授度过最后岁月的地方，也可能是马克斯出生的地方！

"警报，"里奥突然鸣叫起来。"危险级别调整，重大警报，危险迫在眉睫。"

"什么？"克劳斯说。

"我正在接收'公司'的信息，"里奥紧张地傻笑着说，"他们盯上了我们，我是说，他们盯上了我们。通过无线电传输进行三角定位，我怀疑他们现在就在我们后面。"

"你现在才告诉我们这些？"克劳斯扯着他的头发叫道，"你应该给我们一个预警信号！里奥，现在可不早了！"

马克斯猛地转过身来。

他们那辆发出呻吟声的面包车正被一辆光滑的黑色越野车追赶，越野车的挡风玻璃是有色的。

"是冯·欣克尔教授。"里奥报告说，"他有一支突击队，有七个成员，四男三女。他们都全副武装，极度危险。建议启动规避模式。"

"在这个笨重的车里？"伊莎贝尔喊道，"祝我好运吧！"她猛踩油门，速度表以每小时一英里的速度变化着。她用力向右猛打方向盘，绕过一辆缓慢行驶的卡车。这辆面包车感觉要侧翻了。

"他们快追上来了！"托马喊道，他在紧张的情况下总是表现不好，"我们都会死的！"

"没错，"里奥说，"如果情况保持稳定，我认为死亡或即将被捕的可能性为百分之九十。"

"我们不会死，也不会被抓。"马克斯说，她一直在评估局势，并想出了一个解决方案。

"会，我们会死的！"托马抱怨道，"我们没有办法逃脱。"

"有办法了，里奥，你和你的液压臂可以从窗户跳出去吗？"

　　"当然，"里奥回答，"不过，由于这是一辆租来的车，查尔和伊莎贝尔将对一切损坏负责，比如窗户被打破。"

　　"我们会付钱的！"查尔在前座喊道，"我们该怎么办，马克斯？"

　　"还是老样子。"马克斯回答，"运用物理！纯粹而简单。"

　　"减速，伊莎贝尔。"马克斯平静地说。

　　"你疯了吗？"西沃恩问道。

　　"如果我们减速，"里奥说，"大约一分钟后，'公司'的车就会撞到我们的保险杠上。"

　　"减速！"马克斯重复道，"我想到一个办法！"

　　伊莎贝尔放松了油门。

　　"里奥，用拳头砸窗户。"

　　"我必须再次提醒你，与之相关的责任问题。"

　　"把窗户砸开！"克劳斯喊道。

　　里奥砸开了窗户。

　　空气嗖嗖地从破洞里吹进来，造成了气压的快速变化。所有未被绑在车里的东西都被吸出去了，就像有一台吸尘器一样。

"好的，里奥。"马克斯指导道，"现在我需要你爬出去，解开最近的行李绳。"

"如果我这么做……"里奥开始了。

"风的外力会使车体相对静止，在这种情况下，行李将不再静止。所有东西会飞起来，朝后飞！"马克斯得意地说。

"轰炸我们身后的坏蛋吧！"克劳斯说，"太棒了！"

"可那些是我们的行李箱啊，"哈娜说，"我所有的衣服，我的……"

"我的手提箱里装着我所有的记忆，"马克斯说，"如果这意味着我们都能活着到达机场，那我愿意失去它。"

"动手吧，里奥！"查尔说，"发动行李轰炸。"

里奥转动身体，通过臀部发力，把头和胳膊伸出窗框。"准备松开绳子。"他尖声说道。话语和笑声被风吹散了。

"伊莎贝尔，"马克斯说，"加速，让我们加大风速吧！"

"收到，马克斯！"

"里奥，解绳子吧！"

惯性使物体静止。

静止的物体受到外力作用，即风。

加速的手提箱装满卡普兰女士的鞋子，
足以击碎挡风玻璃。

卡普兰女士的一个行李箱撞上了越野车的挡风玻璃。

"我的鞋子！"她尖叫道。

"很好，"马克斯说，"它们的质量很大，这意味着，在加速后，它们将以巨大的力量撞上越野车。"

当里奥不断解开更多的行李绳时，其他行李箱猛烈撞击着那辆越野车。行李箱在撞上越野车时成了碎片。马克斯看到她珍贵的古董手提箱飞进了那辆笨重的黑色汽车上的闪亮的镀铬格栅。它一定击中了最佳位置，因为引擎盖突然弹开，挡住了司机的视线。

越野车向右转得太猛了。在两个轮胎的作用下，它直接翻了个跟头，滚进了沟里，翻倒在地上。

如果马克斯不得不失去她心爱的手提箱和她收集的爱因斯坦纪念品，这是个不错的方式。

"他们还活着，"里奥说着，滑回了车里。"他们也非常愤怒。"

"你还能收到他们的无线电信号吗？"马克斯问。

"当然，但是，我很高兴向大家报告，冯·欣克尔教授和他的同事是目前在英国运作的唯一的'公司'突击队。他们没有备用车，因此，我估计我们至少有三十分钟的时间可以逃脱。根据谷歌地图报道的目前的交通状况和拥堵情况，他们至少要花同样长的时间才能换一辆新车。"

"加把劲！"基托喊道。

"没问题，"伊莎贝尔说，此刻面包车正疾驰向前。"这辆车没有了那些额外的行李和顶部的阻力，行驶速度快多了。"

"我们发现了。"托马说，他现在似乎冷静多了，因为"公司"暂时被淘汰出局了，"这就是物理！"

在没有行李的情况下，团队在创纪录的时间内登上了本的私人飞机。

里奥报告了从"公司"突击队截获的最新无线电信号后，他们行动得更快了。"那些仍在行动的'公司'突击队成员用枪劫持了一辆货车。他们将在三分钟内到达我们的位置。"

"各位，我们得抓紧了，"伊莎贝尔说，"系好安全带，快！"

"等等。"卡普兰女士说，这时查尔关上了主舱门。

"怎么了？"查尔问。

"那辆面包车呢？不是应该把车还给租赁公司吗？"

"已经通知他们了，车在停机坪上，并告知他们后窗的损坏情况，本会付钱的。"

"但我有东西落在里面了，"卡普兰女士结结巴巴地说，"我的一瓶心脏药。"

"你最后一次服用是什么时候？"马克斯问。

"今天早上！"

马克斯转向那个拥有令人难以置信的人工智能功能的机器人。"里奥？"

"该药物建议按照医生规定的剂量，每天服用一次。"

"她不会有事，"马克斯对查尔说，"我很确定新泽西州有药店。我们降落后会给你补上的，卡普兰女士。现在，我们需要飞离英国，远离冯·欣克尔教授。"

卡普兰女士点点头，回到座位上。

"请系好安全带。"里奥说，克劳斯很快就给它编好了程序，让他承担标准空乘的所有职责。

查尔和伊莎贝尔坐在驾驶舱的最前面。他们都是有执照的飞行员，但本的私人飞机并不需要他们的帮助。这架飞机完全自动化，只要你告诉它目的地，它就能自己飞行。

"请去新泽西州的特伦顿-默瑟机场。"伊莎贝尔说。

"正在计算路线。"控制面板传来一个舒缓的女声。

发动机开始旋转。几秒钟后，飞机滑向跑道。

"你能让这飞机再快一点吗？"基托说，"坏人已经在来的路上了，记得吗？"

"我们应该在两分钟内起飞。"查尔报告说。

"我们是5-9号跑道的一号。"控制台里传来低沉的声音，"乘务员，请就座。"

"好的，女士。"里奥说着，把自己系在舱壁后面的弹跳座椅上。

当飞机开始起飞时，马克斯瞥了一眼窗外。一辆红色小货车载着一堆毛绒玩具，呼啸着驶入停机坪，就在他们登机的地方刹住了车。一个高大的男人出现了，盯着他们，但他离得太远了，马克斯看不清他脸上的表情。

几秒钟后，这架时髦的飞机升空了。

马克斯瘫倒在她的座位上。她想要刺激，但这么短的时间内刺激有点太多了。

当他们到达一个舒适的巡航高度时，里奥来到过道上，给每个人提供各种各样的零食和饮料。

"要零食吗？"他说着，拿出一个装满薯片、水果和饼干的篮子。"要饮料吗？"他推着一辆推车，车上装满了汽水、杯子和冰块。

"这真的是对他不可思议的人工智能功能的良好利用吗？"基托问。

"我看挺好。"克劳斯说着，抓起一袋花生和一袋甜饼干。

"你知道吗？"哈娜说，"你现在脏兮兮的手里拿着的零食的热量比大多数人一天所能消耗的热量还要多。"

"嘿，车上没有任何米饭，也没有脏水。"克劳斯说，"让我缓缓吧。"

"我们应该想出解决世界饥饿问题的办法，克劳斯，"安妮卡说，"而不是往嘴里塞东西。"

"嗯，可是我饿着肚子没法思考。"

"空着肚子什么都干不了，"基托厉声说，"因为你的胃从来没有空过。"

"在昨晚的饥饿宴会上，我的肚子至少空过一个小时，是我一生中最漫长的时刻。"

其他人笑着开玩笑，开始讨论对抗世界饥饿问题的想法。其中一个办法是让克劳斯节食，这样其他人就有机会吃东西了。

马克斯和卡普兰女士都出奇地保持着安静，沉浸在自己的思绪中。

马克斯不知道卡普兰女士在想什么，也许是她丢失的心脏药，也许是她丢失的鞋子。

与此同时，马克斯专注于一件事，而且只有一件事。

不是世界饥饿问题。

而是她自己在普林斯顿的过去。

第八章　落地普林斯顿

这群人平安无事（也无行李）地到达了普林斯顿。

第一站是普林斯顿大学商店，本用信用卡给每个人都买了新衣服，大部分衣服上都有老虎（普林斯顿的吉祥物），普林斯顿大学校徽，或者只是一个简单的大写字母"P"。这些衣服——主要是运动衫、运动裤和T恤——有黑色、橙色和各种深浅不一的灰色。大学商店还出售内衣、袜子和运动鞋。

"我们可以走了。"克劳斯说，他很喜欢新买的普林斯顿连帽衫。

普林斯顿大学几乎和牛津大学一样令人印象深刻。它成立于1746年，有一句马克斯认为非常有趣的校训：Dei Sub Numine Viget。从拉丁语翻译过来的意思是："在上帝的力量下，她繁荣昌盛。"

"我在这里蓬勃发展，"她脑海中想象的爱因斯坦说，"你应该更加蓬勃。毕竟，你是一个'她'！"

校园里到处都是庄严的石头建筑，墙上爬满了常春藤。其中的许多建筑，就像牛津的那些一样，让马克斯想起了教堂。

马克斯知道，爱因斯坦教授在"被放逐到天堂"期间喜欢住在普林斯顿。他搬到新泽西州是为了躲避德国纳粹日益严重的威胁。在第二次世界大战前夕，他写道，能住在普林斯顿，他感到很荣幸。他把普林斯顿比作海洋中的一个平静的岛屿。"在这个小小的大学城里，人类纷争的嘈杂之声几乎无法穿透进来。其他人都在挣扎和痛苦，而我却生活在这样一个地方，不免感到羞愧。"

马克斯希望她能有时间去看看位于默瑟街 112 号的阿尔伯特·爱因斯坦的家。

"明天一早，我们将开始与高级研究所合作开展我们的世界饥饿项目。"卡普兰女士宣布。

马克斯也渴望参观高级研究所。毕竟，阿尔伯特·爱因斯坦是那里很早的教授之一。

"今晚，请入住你们在玛茜学院指定的房间。因为丢了行李，你们还可以去买需要的东西。你们也要自己负责晚餐。"

"我们又要吃米饭，喝脏水了吗?"基托问。

"不，"卡普兰女士说，"餐厅提供了丰富的美食，从红烧牛腩到奶酪和洋葱土豆泥以及椰子布丁蛋糕，应有尽有。"

"你说这话是想让我们对吃东西感到内疚吗?"蒂莎问，"因为，如果是这样，那它完全奏效!"

之后，当马克斯下楼吃饭时，她看到了托马，这位来自中国的天体物理学家独自坐在一张桌子旁。

"介意我和你一起坐吗?"她问道。

"完全不介意。"

马克斯坐下来，开始吃她的意大利面——虾仁烤意大利面。

"那么，你和我一样对来到这里感到兴奋吗?"托马说，"我的意思是，这是普林斯顿!爱因斯坦曾在这里做各种关于虫洞、重力和时间旅行的重大思考。"托马的眼睛来回扫视着，好像他想确保没有人在听他接下来说的话，"我已经和爱因斯坦时间旅行研究所

（ETTI①）的人取得了首次联系。"

"这个研究所真的存在吗？"

托马点了点头。

"真酷，他们在哪儿？"

"就在普林斯顿，马克斯！这就是为什么我如此兴奋。ETTI 在二十世纪二十年代很有名，他们做着各种有趣的研究。但是现在，大多数人都在嘲笑他们，不，嘲笑他，只有一个人让 ETTI 运转下去。但对我来说，时间旅行是爱因斯坦广义相对论的最大应用。"

马克斯显得很惊讶。可能是因为托马用的是那篇学术论文标题里的一串词，据里奥说，那篇论文与第一张爱因斯坦的照片一起被塞进了她的手提箱。

"你没事吧，马克斯？"托马看到她的表情后问道。

"没事，只是，你知道的，我对时间旅行也很感兴趣。"

尤其是在普林斯顿。

如果她能回到二十世纪三十年代，她真的能见到她的偶像阿尔伯特·爱因斯坦吗？

---

① ETTI：Einstein Time Travel Institute 的简称。

如果她能回到十几年前，她能见到自己吗？

更美好的是，她能见到她的父母吗？

"托马，"她说，"你和你在爱因斯坦时间旅行研究所的联系人安排好见面了吗？"

他点了点头说："今天晚上十点。"

"太棒了，"马克斯说，"我和你一起去。"

"等我长大了，"托马在吃沙拉的间隙对马克斯说，"我要去火星，我们需要有天体物理学家上火星。"

"我们？"马克斯说。

"就是中国，我们的第一艘宇宙飞船，未搭载任何宇航员，将在 2033 年之前前往火星。搭载宇航员的飞船将在 2040 年开始登陆火星，也许更晚一些。我的第一次飞行刚好在最佳年龄！"

马克斯咧嘴一笑。她不禁想起托马在高压环境下表现得多么胆怯。她想知道他被绑在火箭顶端发射到火星时的表现会如何。

"你读过科幻小说吗？"托马问道。

"读得不多，"马克斯说，"我更喜欢科学事实。"

"你也应该读小说，这是事实在作家的想象力中翻滚时发生的事情。你知道爱因斯坦说过什么吗？"

"想象力比知识更重要。"

托马点了点头，说："想象力让爱因斯坦教授想到了时间扭曲——就像科幻书中的想象一样！"

马克斯当然知道，爱因斯坦想象的时间，可以在一个主要引力源的存在下被扭曲，比如外太空的黑洞。黑洞的引力极强，以至于周围任何东西，甚至是光都无法逃脱。越接近恒星、行星或黑洞——任何具有巨大引力的物体——时间就越会发生扭曲。

爱因斯坦的广义相对论表明，靠近强引力场附近的物体，时间流逝比远离强引力场的物体要慢。

"马克斯，如果你能接近一个黑洞，"爱因斯坦曾在她的脑海中解释说，"那么时间的流逝对你来说会变得相对缓慢。如果你逃回地球，要告诉你的朋友关于你那不可思议的冒险，他们不会在那里。因为，尽管你以为你只离开了几周，但地球上已经过去了几千年。"

这意味着时间旅行，至少未来是可能的。

"你猜怎么着，马克斯？"托马急切地问道。

"什么？"

"达里尔说他们成功了。"

"谁是达里尔？"

"那个试图让爱因斯坦时间旅行研究所继续运转的家伙。他是个研究生，普林斯顿大学的每个人都认为他是个傻瓜。总之，达里尔告诉我，早在二十世纪二十年代，当阿尔伯特·爱因斯坦参观校园时，两位年轻有为的科学家完成了一件不可能的事。他们利用爱因斯坦的广义相对论，并使其发挥作用。他们化繁为简，造出了一台时光机！"

冯·欣克尔教授比 CMI 团队晚几个小时到达了普林斯顿。

他不能乘坐"公司"的 SST 飞往新泽西州，所有机场都不允许他的飞机降落在跑道上。毫无疑问，是因为噪声问题。因此，在那场车祸之后（他的战术团队的五个成员被送进了牛津的一家医院），他不得不争分夺秒，重新安排新的交通工具返回美国。

一架属于"公司"在英国的子公司的私人飞机任他支配——在此之前，他承认自己像齐姆博士一样，又一次让马克斯·爱因斯坦溜走了。

"我会抓住她的。"他向董事会保证。

"你最好这样做，"有人建议他，"如果你再失败，你将和齐姆博士在格陵兰岛共享一间冰冷的小屋。"

一路追踪马克斯到美国，冯·欣克尔教授决定单独行动会更好。

和一群凶残的雇佣兵一起行动，让他太容易被发现。因为马克斯和她的团队可以在一英里外看到他们。通过无线电耳机与他的手下沟通，更容易追踪到她。毕竟，"公司"设计的莱纳德机器人拥有最强大的电子窃听能力。毫无疑问，这个机器人正在持续监测所有频率，运行搜索算法，以识别对其新任务的任何潜在威胁。

冯·欣克尔教授就像一台具有人工智能功能的机器，他收集这些新数据，从中学习，并进行调整，随机应变。

他现在知道，自己一个人更有机会抓住马克斯·爱因斯坦和叛徒机器人莱纳德。

当然，他并不完全是孤身一人。他还有他的铝制盒子，里面装满了微型无人机，无人机上面有一排讨厌的针头。

冯·欣克尔教授拄着拐杖，一瘸一拐地走进普林斯顿的孔雀酒店。在路上，越野车侧翻了，他受了点轻伤，不是太严重，只是足以让他走不快，让他更鄙视马克斯·爱因斯坦和莱纳德。

他们肯定会为自己的所作所为付出代价。一旦"公司"从马克斯和莱纳德那里得到了想要的一切，他就会实施他的个人报复。

普林斯顿的孔雀酒店是一座经过翻修的十八世纪殖民地风格 ① 的豪宅，坐落在一条绿树成荫的街道上。这是一家可爱、迷人甚至有点古朴的小旅馆。

但这并不是冯·欣克尔教授选择这里作为行动基地的原因。

他之所以选择这里，是因为这里距离普林斯顿校园只有六分钟的步行路程（拄着拐杖走七分钟）。无人机可以在六十秒内飞到那里。

他在现场跟踪 CMI 团队的线人不断向冯·欣克尔教授提供实时消息。"你最好的机会是在晚上。"线人

---

① 殖民地风格：是一种融合了多个欧洲国家元素的家具和装饰风格，主要起源于美国。这种风格的形成是由于美国作为欧洲各国的移民目的地，将不同国家的装饰风格和文化带到了美国，经过融合和创新，形成了独特的美式风格。

告诉他，"马克斯喜欢在天黑后长时间散步，思考她的爱因斯坦'思想实验'。莱纳德将和克劳斯，那个胖乎乎的波兰男孩，住一个房间。他不会给你和你的团队带来任何阻力，这孩子是个胆小鬼。"

冯·欣克尔仍然希望抓住两个目标。但是，如果被迫做出选择，他会去找那个女孩，然后再回来找那个机器人。

他啪的一声打开盒子，检查了那十二架微型无人机，它们都在充电槽里安静地睡觉。他将一根 USB 线（通用串行总线）连接到盒子侧面的一个端口上，并将另一端插入墙上的插座。

然后他打电话给前台，叫了客房服务。一个简单的火鸡三明治加两份酸黄瓜。

"我们都需要给电池充电，使其以百分之百的电量运行。"他对着闪闪发光的金属球低语，"因为，很快，你们中的一个就会让马克斯·爱因斯坦犯困，非常困。"

第九章　探索身世之谜

那天晚上十点刚过，当所有 CMI 的队员们都因倒时差而快速入睡时，托马和马克斯在宿舍楼前的一盏路灯下碰头了。

在夜空的映衬下，大楼在他们身后若隐若现，就像一座中世纪的城堡。

"我该去叫醒查尔和伊莎贝尔吗?"托马边问边紧张地环顾四周。

"为什么?"马克斯低声说。

"以防那些总是追着你的家伙今晚再来追捕你。"

马克斯叹了口气。托马是 CMI 团队最胆小的成员。"你可以放心，里奥认为现在的'公司'威胁等级为百分之一。"

"什么？不是零吗？"

"里奥不相信零威胁。他说，事情难免会出差错。所以他选择用百分之一来形容。他是一个机器人，不喜欢犯错。"

"嗯，如果有任何威胁的话，我们也许应该带上安保人员。"托马说。

"查尔和伊莎贝尔只会叫我们回去睡觉。我们来普林斯顿不是为了探索爱因斯坦的时间旅行理论的，这只是一项课外活动。现在那个叫达里尔的家伙在哪里？"

"在时间旅行实验室。"

"它在哪里？"马克斯问道。

"实际上，它只是图书馆内的一间自习室，是他从比较文学系的一个朋友那里借到的。达里尔说他十点半在那里和我们碰头。我们应该给他带杯咖啡和一个甜甜圈。"

"那我们最好快点。"马克斯说。

马克斯和托马穿过校园来到了图书馆。他们在大厅的一个小咖啡馆里匆匆忙忙买了一杯咖啡和一个燕麦棒。

那个叫达里尔的研究生在三楼的自习室里见到了他们。

"这就是那个叫爱因斯坦的孩子？"他问道。

"是的。"托马说。

他把从大厅商店里打包来的东西递给了达里尔。达里尔打开咖啡的盖子，开始喝咖啡，并发出巨大响声。

"你给我带甜甜圈了吗？"他问道。

"那里没有。"马克斯说着，朝袋子里指了指，"所以我们给你买了一个燕麦棒。"

"燕麦棒？"达里尔嘟哝道，"我真希望你们这些孩子能回到过去，把我的订单弄好。燕麦棒绝不足以成为甜甜圈的替代品，尤其是挂糖浆的甜甜圈。他们用酵母做的那种。"

"对不起。"托马说。

马克斯想过对达里尔进行说教，说那些饥饿的孩子除脏水和米饭之外，还喜欢燕麦棒或任何东西，但她决定还是不说这些了。

"回到过去太酷了。"达里尔说着，又喝了一些咖啡，"但这比去未来要困难十亿倍。"

他走到一面墙上的白板前，开始潦草地写数字，所有的这些数字马克斯完全理解。

"每个曾经进入太空的宇航员都是一个时间旅行者。因为时间膨胀，假使他们有双胞胎兄弟姐妹的话，那么他们回到地球后比留在家里的双胞胎兄弟姐妹要年轻得多。但是，如果你想回到过去拿一个合适的甜甜圈，这是几乎不可能的。我的意思是你可以尝试比光速更快，但我不建议这样做。"

马克斯点点头，说："我也不会这样做，质能方程表明，以光速运动的物体，其质量会向无穷大增加，而长度则会缩小到零。"

"没错，当你质量无穷大但长度又这么短的时候，你无法拿起一个甜甜圈。"

"你可以去找一个虫洞，"托马说，"一条穿越时空的隧道。"

"可能性不大，"达里尔一边说，一边喝着更多的咖啡，"你可能会回到过去，在宇宙的另一个地方。"

"但是托马告诉我，爱因斯坦时间旅行研究所确实造了一台时光机。"马克斯说。

达里尔点点头，说："很久以前，在 1921 年，那时阿尔伯特·爱因斯坦访问普林斯顿，举行讲座并获得荣誉学位。一个叫迪安·韦斯特的家伙说爱因斯坦是'科学界的哥伦布，独自在奇怪的思想海洋中航行'。这发生在爱因斯坦搬到这里进行全职工作之前。有些人认为这只是一个都市传说。我认为这是真的。塔迪斯之家的地下室里有台时光机！"

"塔迪斯之家？"托马说。

马克斯耸了耸肩，她也不知道达里尔在说什么。

"我就是这么称呼它的。"达里尔说，"什么？你们这些孩子不看《神秘博士》吗？"

"恐怕是没看过，"马克斯说，"这是电视剧吗？"

"嗯，是的。史上最好的电视剧，英国拍的。自1963年以来一直在播放。博士是来自伽里弗雷星球的时间领主，他乘坐一艘名为塔迪斯的时间旅行飞船探索宇宙，塔迪斯的外表看起来像一个蓝色的大警亭。那是给警察用的电话亭。你们知道电话亭是什么吗？"

"我见过照片，"托马说，"在历史书上。"

达里尔又咕噜咕噜地喝了一些咖啡。"不要紧，塔迪斯之家在战斗路那边，全用木板封起来了。自从那次意外事件之后就一直这样。"

"意外事件?"托马惊讶地倒吸了一口气。

"是的,据我所知,阿尔伯特·爱因斯坦很幸运地活着离开了那里。"

马克斯和托马跟着达里尔离开了普林斯顿校园,来到附近的街道上。

"爱因斯坦就住在那边几个街区外,"达里尔说,"默瑟街 112 号。现在,战斗路上的房子都很贵。你们觉得他们已经拆掉了塔迪斯之家吗?但我猜联邦调查局不会让他们这么做的。他们把它保护得很安全,门上有高科技锁。我不太清楚原因。我是说,这地方就是个垃圾场。我猜当权者不希望有人偷偷溜进去,知道真相。"

"真相是什么?"马克斯问。

"就在 1921 年,两位杰出的教授在那所房子里建造了一台时光机!爱因斯坦说这对年轻夫妇比他自己更了解他和他的理论。总之,有一天晚上,这对夫妇邀请阿尔伯特·爱因斯坦来到家里,展示他们的发明。顺便说一句,他们的发明占据了整个地下室。"

"他们真的造了一台时光机?"托马说。

达里尔耸了耸肩。"大家都这么说,他们领先于他们的时代。问题是，无论他们组装出什么，都会消耗太多的电力。然后它开始进行电流反馈，在自身之上循环。使得温度急剧下降，所有的窗户都结了冰。时光机倒塌了、消失了，其他东西也是如此。"

"他们所有的设计和图纸消失了？"托马说。

"更糟糕的是，他们的女儿，还是个小孩！心不在焉的教授们把孩子留在了地下室。事故发生后，她就这么不见了，消失了。她不可能在那场能量爆炸中幸存下来。当然，她的父母都悲痛欲绝。他们离开了普林斯顿，消失了，再也没有进行过时间旅行实验。"

他们来到了战斗路244号。

这是一所昏暗的房子，所有的窗户上都钉着胶合板。两边的房屋都是富丽堂皇、令人印象深刻的砖砌建筑。

"右边那座建筑，"达里尔说，"好像是246号？它也有一段很酷的历史，一群知识产权窃贼曾在那里活动。那些间谍从学校里从事机密工作的人那里偷取各种研究成果。当联邦调查局突击搜查这个地方时，好像是十二年前，所有人和所有东西都不见了。里面除了几件家具，什么都没留下。"

马克斯向前走去，走进了一束光中。她抬头看了看。

有一个烟雾缭绕的圆顶掩盖了一个监控摄像头，它被安装在路灯的柱子上。她的图像被捕捉到了，如果"公司"注意到，他们也许能用面部识别软件确定她的位置。

"我不在乎，"马克斯想，"我必须待在这里。"

战斗路244号有什么东西一直在吸引着她。那是一个黑洞，在向她施加时间扭曲的引力场。

"你想看一眼吗？"达里尔说，"后面有一扇窗户的胶合板上有个破洞。"

"那我们能进去吗？"马克斯问。

"不可能，"达里尔说，"警报系统极其先进。"

"我们不能冒这个险。"托马说，声音里又充满了焦虑，"看一眼，然后我们就该回宿舍了。"

马克斯急忙绕到房子后面。她找到了那扇窗户胶合板上的破洞，往里面看去。

屋子里一片漆黑。但当马克斯的眼睛慢慢适应后，她可以辨认出一些形状和形态。其中一个凸起的形状变成了一个满是灰尘、布满蜘蛛网的手提箱。

这与马克斯最近还带着的那个手提箱款式完全一样，她走到哪里都带着它。

她恨不得扯下胶合板，爬过窗户仔细看看。但她看到了通向磁性触点的导线。就像达里尔说的，那所摇摇晃晃的老房子有一个高度复杂的防盗报警系统。

有人想把人们都挡在外面。

突然，一盏探照灯在马克斯身后砰的一声亮了起来。她正站在一圈耀眼的白光中。

"别动！"有人喊道。

他们发现她了。

因为那个监控摄像头！马克斯想。

她把双臂举过头顶，但没有转身，马克斯想起了里奥告诉她的关于齐姆博士的事。是他发现马克斯在一个地下室里爬来爬去。"地下室位于新泽西州一个叫普林斯顿的地方。离齐姆博士为'公司'从事情报间谍工作的大学不远。"

据达里尔说，塔迪斯之家隔壁的房子曾是知识分子间谍活动的巢穴。齐姆博士是在那里发现马克斯和她的手提箱的吗？她会不会是那个穿越时空的婴儿？实验改变了她的时间（几十年）和空间（大约五十

英尺)？

"马克斯？"一个熟悉的声音喊道，"你没事吧？"

不是冯·欣克尔教授，也不是那群"公司"打手。

是查尔。

操控探照灯的人把它关掉了。马克斯转过身来，看到塔迪斯之家的后院挤满了人。

"我们告诉过你不要离开宿舍。"伊莎贝尔说，她和她的搭档一起来的。

还有大约六个校园安保人员和两个来自普林斯顿警察局的警官。

"达里尔·麦克马斯特斯，"一个警察摇着头说，"我记得我们告诉过你别来打扰这所房子。"

"我只是在街上走着。"达里尔撒了个谎，"没有法律禁止这样做，对吧？"

警官的搭档翻了个白眼。"当他们下周把这地方拆了时，我会很高兴的。"

"什么？"达里尔说，"他们要拆掉它？塔迪斯之家？"

"塔迪斯是谁？"警察问。

"这不重要，"达里尔说，"但你不能把房子拆了，阿尔伯特·爱因斯坦曾经来过这里。"

"你想让我们逮捕你，然后你去跟法官说？"

"不是，"达里尔说，"嘿，托马。"

"怎么了？"

"别再联系我了。"达里尔双手塞进口袋，拖着脚走在人行道上。

"谢谢你们的协助，警官们。"查尔对校园安保和普林斯顿警方说，"我们来接手这里。"

"这两个人，"一个校园安保问道，"他们是 CMI 团队的成员吗？那些应该拯救世界的孩子？"

"没错。"伊莎贝尔说。

警察摇摇头说："可怜的世界，我们没有机会了。"

马克斯和托马坐进了 CMI 团队的面包车。

"对不起。"马克斯说。

"我也感到遗憾，"托马补充道，"但这所房子确实具有重要的历史意义。"

"特别是对我来说。"马克斯想。

"为什么它这么特别？"伊莎贝尔驾驶着面包车返回普林斯顿校园时，查尔问道。

"早在 1921 年，他们在那里做了爱因斯坦的时间旅行实验。"托马兴奋地说，"他们把广义相对论发挥到极致。"

"你们两个独自在街上闲逛是很危险的。"伊莎贝尔从后视镜里看着他们说。

"我们有达里尔，"托马说，"他还是一个研究生。"

马克斯凝视着窗外，看着校园建筑从她眼前掠过。她看到的普林斯顿大学可能和爱因斯坦多年前看到的一样。

然而，她看不见的是那架跟踪面包车的微型无人机。

成功在望。

冯·欣克尔教授坐在普林斯顿孔雀酒店舒适的房间里，用他的笔记本电脑监控无人机的视频画面。

他差点就抓住她了。

他先进的面部识别软件在路灯监控摄像头上捕捉到了马克斯·爱因斯坦的图像。她离她的安保人员足够远，可以进行有效打击。只要从他的十二架无人机中抽出三架就行了。两架给中国男孩托马和笨手笨脚的研究生达里尔注射致命疫苗，一架给马克斯注射镇静剂。

但在遥控无人机发动攻击之前，CMI 团队的安全小组已经迅速赶到。更糟糕的是，他们还有校园安保和当地警察陪同。显然，他们也有面部识别软件。

如果冯·欣克尔教授继续动手，那就是白费力气了。

不过，冯·欣克尔会等待他的下一个机会，希望这个机会是在一个附近没有那么多敌对执法机构的地方出现。

他的卧底线人会确保这一点。

如果线人不这么做，冯·欣克尔可能也会派一架无人机来追杀他们。

毕竟，他有十二架无人机。

第十章　新的天选之人

第二天早上，马克斯与 CMI 团队的其他成员一起吃早餐。

"你们昨晚溜到哪里去了？"西沃恩问道。

"只是我的爱因斯坦故居之旅中的另一站。"马克斯说，"人们在那里做了一些有趣的工作，与他的广义相对论有关。"

西沃恩就知道这么多。马克斯没有坦白，她可能在 1921 年去过她曾经住过的房子，直到在一次奇怪的事故中，她穿越到了未来，也就是其他人的现在。

听起来太荒唐了，马克斯自己都不会相信。

是的，和西沃恩这样的朋友谈谈她的想法和感受可能会很好。但马克斯·爱因斯坦仍然不知道如何向他人，甚至是她最好的朋友，吐露她最深的感受，而又不让自己变得脆弱。她觉得自己一个人生活太久了。她从小就是一个无家可归的孤儿，所以她太聪明了，太谨慎了。她人生的前十二年教会了她真的不能相信任何人，除了她脑海中想象的爱因斯坦。

早餐后，团队成员被告知要到玛茜学院的自习室报到。

课桌上都装了用来隔离的纸板屏风。

"那是干什么用的？"克劳斯问道。

"这样你就不会忍不住从邻座的答题纸上抄答案了。"卡普兰女士回答。"请各位就座，第一场考试将在三分钟后开始。"

"什么？"基托说，"会有医生来给我们检查吗？确保我们打了最新疫苗？"

孩子们都笑了①，唯独卡普兰女士没有一丝笑容。

"这将测试你们对世界饥饿问题的了解程度，关于它的根本原因和当前的统计数据。考试将覆盖我让你们熟悉的所有材料。"

---

① 用来隔离的纸板屏风有点像医院注射传染病疫苗的场景。

"大多数教师浪费时间提问，目的
是发现学生不知道的东西，而真正
的提问艺术是发现学生知道或者有
能力知道的东西。"
——阿尔伯特·爱因斯坦

马克斯看了看蒂莎。

她们俩都不喜欢考试。

她们俩也都没有为这次考试复习过。

马克斯在一块纸板后面坐了下来。她盯着考卷和答题纸，答题纸上满是一行一行的圆圈，她要用二号软芯铅笔填写。

"现在你们可以打开考卷上的封条了。"卡普兰女士宣布。

马克斯用尖尖的铅笔尖划开了将试卷封住的圆形贴纸。

考卷上写满了关于世界饥饿的问题，还有许多选项。

马克斯瞥了一眼第一个问题。

1. 在美国，食物在种植、加工和运输后被浪费和从未食用的比例是多少？

○ 10%

○ 20%

○ 30%

○ 40%

马克斯认为答案是百分之四十。在她捡垃圾的那些年里，她看到了美国人对食物的浪费。纽约市的面包房每晚都有大袋的甜甜圈或百吉饼被扔出去。她常常把这些袋子收集起来，带回她住的马厩，让其他无家可归的朋友们大吃一顿。

但是，她并没有回答这个问题（或剩下的九十九个问题中的任何一个），而是开始在画满圆圈的答题纸上寻找规律。最后，她把这些点连起来，画出了北斗七星、小北斗七星和其他几个星座。

她的思绪飘浮在太空中，想象着广义相对论的一个基本概念：恒星和行星扭曲了时空结构，使时间旅行成为可能。让她从 1921 年开始的旅程成为可能？

一个小时后，卡普兰女士叫停了，马克斯交出了经她装饰一番的答卷，又收到另一个圆圈。

一个又大又圆的"0"。

她考试不及格。

她作为 CMI 团队天选之人的日子可能也会逐渐减少成一个又大又圆的"0"。

考试结束后，团队的每个成员都被要求说出他们对消除世界饥饿问题的最佳想法。

卡普兰女士和来自普林斯顿高等研究院的一个评委小组将听取这些想法，并优中选优。

马克斯知道，普林斯顿高等研究院的创始院长相信，如果避开"追逐有用的东西"，那么"学者的思想将得到解放"。换句话说，研究所想要解放思想家而不是专注于结果。他们让学者们利用惊喜，希望"有一天出现一个意想不到的发现"，可能会打开新世界的大门并创造出新的解决方案。

普林斯顿高等研究院非常推崇天马行空的想法。在这里，头脑风暴不受限制，他们的发现也不被期望有实际应用。爱因斯坦的天才能力大部分就来自这些思想实验。他喜欢为思考而思考，马克斯也是如此。

这可能就是她不擅长在填空考试中死记硬背事实的原因。

来自肯尼亚的生物化学家蒂莎第一个上台。她站在一个大讲堂的前排，站在评审团面前，倡导支持小农户，尤其是在第三世界国家。

"低技术概念下金钱和教育的结合，如更好的水稻种植和灌溉技术，再加上更好的种子和肥料，可能会在非洲本土引发一场绿色革命！"她对评委们说。

"我们需要大力推广更多的生物技术。"轮到了克劳斯，他说道，"我说的是基因改造，伙计们。是的，我知道它在发达国家名声不佳，但想想它在现实世界的应用。我们可以对植物进行基因拼接，使它们能够抵御干旱和洪水。我们可以改变猪和鸡的基因密码，改造它们的胃和肠，这样它们就能吃人类不需要的食物，也许还能让它们少拉点大便，这样就能帮助我们解决清洁水的问题！"

评委们看起来对克劳斯的想法不太满意。事实上，有几个人看起来都要把午饭吐出来了。

西沃恩谈到了提供更多信贷渠道："大银行应该帮助小农户。"安妮卡讨论了城市农业，因为近百分之二十五的营养不良人口生活在城市。托马有一些疯狂的、更加天马行空的想法，比如移民火星，以及在木星的卫星上建立"偏远的农业站"。基托建议创建一个应用程序，直接连接农民和消费者。

来自日本的素食植物学家哈娜倒数第二个上台，她讲述了自己对可持续食品的愿景。"我们必须采取一种可以永远耕作和种植食物的方式。"她说，"不再依赖廉价能源驱动大型农业机械，不再使用以石油化工为基础的化肥和农药。食品应该在当地通过农贸市场和当地商店出售。我们需要有机食品，这对我们赖以生存的土地和动物来说更无害、更友好。"接着，她的发言开始听起来像是在竞选公职。"我的朋友们，解决世界饥饿问题的办法不在于发放免费食物，而在于建立当地的生产和分配体系，使其能够抵御战争、干旱和疾病等冲击，确保始终有营养的、可持续的农产品供应。"

哈娜说完时，几个评委都在点头，有几个甚至鼓起掌来。

然后轮到马克斯了。

"不管我们做什么，"她说，"我们都应该从小处着手，证明它是有效的。然后再让别人帮我们扩大规模。如果没有许许多多其他人的帮助，像我们这么小的一个团体不可能解决世界饥饿这样大的全球性问题。"

"什么？"克劳斯嘲笑道，"从小事做起？拜托，马克斯。要么做大，要么待在家里。我们是变革者！我们不做任何小事。"

评委和卡普兰女士讨论时，这些年轻的天才被要求离开报告厅。

CMI 团队没有等多久，结果就出来了。

哈娜的可持续食品理念很快被认为是最好的。卡普兰女士宣布她是新的天选之人。

"本也同意我的决定，"她补充道，"马克斯，我们期待着你的帮助，以实现我们新领队的愿景。"

换句话说，马克斯·爱因斯坦刚刚被正式降级。

"我们应该尽快实地测试哈娜的可持续农业理念。"本通过设置在玛茜学院的一个公共休息室的免提电话说。

整个 CMI 团队，包括里奥，都围在设备周围。

"越快越好，先生。"哈娜说道。听起来她对自己作为团队领导者的新角色信心满满。

"哈娜，你可以叫我本。'先生'是人们过去对我父亲的称呼，我叫本。既然我们现在要更紧密地合作，我不介意大家直接叫我的名字。"

马克斯在想，本和哈娜会不会像她和本以前那样，出去吃私人的天选之人午餐。

马克斯是在忌妒吗？不，当然不是。好吧，也许有一点。

"我们应该把运营基地搬到西弗吉尼亚州。"卡普兰女士建议，"它是美国饥饿人口较多的州之一。西弗吉尼亚州有百分之十四点九的家庭面临食品安全问题。"

"为什么不是新墨西哥州？"马克斯问，"它是饥饿问题最严重的州，百分之十七点九的人口面临食物不足的问题。"

有时，马克斯会随机想起这样的事情，通常是在她不需要考试的时候。

"然后是俄克拉荷马州、阿肯色州、路易斯安那州、密西西比州和亚拉巴马州，"她继续说道，"所有这些州的情况都比西弗吉尼亚州更糟。"

"这不是你说了算的，爱因斯坦女士，"卡普兰女士轻蔑地说道，"哈娜是负责人，她让我挑选我们第一次实地测试的地点。"

马克斯低头看了看扬声器，本一句话也没说。是的，她作为天选之人的日子已经结束了。

"此外，西弗吉尼亚州比马克斯提到的任何一个州都离普林斯顿近得多。"卡普兰女士接着说，"我们几乎可以立即开始实施哈娜的想法。"

"我，同意。"本说，"西弗吉尼亚州，我打电话联系一下。"

"我比你快一步，本。"卡普兰女士说。她从公文包里拿出一些文件和文件夹。"我已经做了一些初步研究，有一些当地的组织已经在阿巴拉契亚中部开展可持续农业的工作了。他们在离西弗吉尼亚州谢泼德镇不远的地方开设了据点。该地区的一家绿色商业贷款机构获得了农业部的一大笔拨款，用于加强从农场到餐桌的配送。换句话说，我们可以使用现有的团队和基础设施。"

"很好，"本说，"你们来负责，卡普兰女士。对，你和哈娜负责。我得走了，有个会要开。有消息随时通知我，给我发个短信什么的。谢谢，再见。"

本挂断了电话。

"西弗吉尼亚州？"克劳斯呻吟道，"耕种？我不确定我想成为一个农民，而且里奥天生就不适合在户外从事体力劳动。"

"克劳斯说的是真的，"机器人说，"泥土和粪便可能会严重损害我脆弱的电路。"

"我也是。"基托打断道。

"我们会让里奥远离田地的，"卡普兰女士说，"他

137

可以协助后勤工作。"

"谢谢你，卡普兰女士。"机器人愉快地说。

"很好，"克劳斯说，"我会协助里奥做好他的工作。"

"不，克劳斯。"哈娜说，"我想让你和我们一起下地。"

"你说的'地'是指像玉米地一样的田地，对吗？"

"实际上，"哈娜说，"在我说服当地人和我一起吃素之前，我们可能会在他们种的喂养牲畜的干草地里工作。"

安妮卡点了点头说："目前，干草是西弗吉尼亚州的头号作物。有趣的是，该州百分之九十五的农场都是家庭所有制。这在美国是最高的比例。"

"希望这些家庭不介意与我们合作。"蒂莎说。

"你在开玩笑吗？"基托说，"他们会喜欢我们的，他们甚至想收养我们所有人！包括里奥！"

"那太好了！"里奥说，"但是，我已经找到了我永远的家。在 CMI 团队。"

"哇！"克劳斯说，"他是不是很可爱？是我让他这么说的。"他摸了摸机器人闪亮的塑料头发。

所有人都笑了起来，除了马克斯。

　　"我们明天早上第一件事就是出发。"卡普兰女士宣布，"早上七点整。"

　　当其他人拖着步子走出房间时，马克斯留在了后面。

　　她在做另一个思想实验。

　　这个女孩在想，她至少要再去一次塔迪斯之家，才能离开普林斯顿。

第十一章　夜访塔迪斯之家

马克斯在再次出发前往战斗路 244 号之前，需要做好准备。

第一站是蒂莎的房间。

"那么，"马克斯问她的朋友，"我们在牛津发生行李箱事件之后，你的便携式化学实验室重新组装起来了吗？"

"组装了一些。"蒂莎说，"一个借调到高等研究院的化学教授帮了我。她甚至给了我一个便携式金属手提箱，用来装我全新的化学套装。"蒂莎把装满了叮当作响的瓶瓶罐罐的箱子放在桌上。"你的爱因斯坦纪念品整理好了吗？"

"没有，不过没关系。所有这些牺牲都是为了一项有益的事业——我们能活着。"

"完全正确。那么，你需要什么，马克斯？"

"你有乙酸吗？"

蒂莎猛地打开化学工具包的扣子。"有，在这儿。"

她拿出一个装满液体的小罐子。"你要它做什么？"
她环顾四周，以确定没有人偷听。"你耳朵存在真菌感染的问题吗？"她低声说。

"也许吧。"马克斯说。

"好吧，小心点。这东西很臭，乙酸是产生难闻气味的原因。"

"谢谢。"

"明天要去西弗吉尼亚州了，兴奋吗？"

马克斯点点头，说："当然，我相信哈娜会很好地完成这个项目。"

"希望如此。"蒂莎说，"我们都习惯由你负责了，马克斯。"

"这次由哈娜负责，"她向她的朋友保证，"别担心，这将是 CMI 团队的又一次胜利！"

"在国内，人们还在谈论我们。"蒂莎说，"关于我们如何打开了电源，把电和光明带到了黑暗的地方。

你是一个伟大的领队，马克斯。"

"谢谢，蒂莎。没有你的帮助，我不可能做这么多事。"

马克斯手里拿着乙酸，开始了她三步走计划的第二步。她用本给她的 CMI 专属信用卡（那时她还是领队）从普林斯顿威瑟斯彭街的一家餐厅订购了一个大份比萨。他们的比萨有纯素食和素食两种选择。三十分钟后，由本提供的二十五份热气腾腾的比萨被送到了玛茜学院的公共休息室。香味浓郁到足以把每个人都从房间里吸引出来，包括几十个不在 CMI 团队的大学生。挤在打开的比萨盒子前的人太多了，没人注意到马克斯不在那里。

当所有人都被从天而降的比萨所吸引时，马克斯从安全出口偷偷溜了出来，来到最近的药店，在那里她需要买两个空喷雾瓶和一些家用氨水。"当你到达那里时，"她脑海里一个细小的声音催促道，"拿起水瓶和火柴。做好准备。"

所以马克斯这样做了。

在外面的人行道上，她把氨水倒进了一个喷雾瓶里。当那个瓶子被紧紧密封，空气中所有的氨气味都蒸发了之后，马克斯小心地把异常刺鼻的乙酸倒进另一个喷雾器里。

接下来，她折断了大约二十根火柴，把它们倒进她那只新水瓶里，倒入氨水后，把瓶盖拧紧，然后把里面的东西摇匀。

几天后，硫和氨的混合物就会变成臭气弹。马克斯需要臭气弹吗？也许那天晚上不需要。但她知道她可能很快就会用得上了。

她把所有的瓶子都塞进了她那件松软的风衣的口袋里。两个喷雾瓶的喷头挂在外面，就好像她刚刚绑上了电影里的六发式左轮手枪。

为行动做好准备后，她返回塔迪斯之家。

她蹲下身子，沿着树篱爬行，直到在脑子里做了一些基本的三角函数运算，计算出了一个三百六十度的监控摄像头的视线角度，这个摄像头在一个二十五英尺高的灯柱上的圆顶内。

她确切地知道，在摄像机的运动探测器开始探测她的动作之前，自己可以走到那里。

马克斯用手帕捂住了她的鼻子和嘴，因为她要制造一些有毒气体。

她将两个喷雾瓶都对准了运动探测摄像机，扣动喷头。乙酸和氨水混合在一起，形成了烟幕，这就是蒂莎（以及其他的化学家）所说的放热反应。换句话说，这两种化学物质结合会产生热量。

触发监控摄像头的运动传感器会监测温度的变化。马克斯做的臭臭的氨水和乙酸喷雾所产生的热量会使摄像头周围的空气温度上升到九十八点六摄氏度甚至更高。

一旦成功，马克斯就能从下面通过而不被发现，但温度不会有明显的变化。

她让这个化学反应持续了一两分钟，看着摄像头周围滚滚浓烟。

然后她溜达着走过灯柱，来到战斗路 244 号的草坪上。警察不会发现有人在附近。

因为他们的监控摄像头没有检测到任何东西。

马克斯急忙绕着房子跑到后门，把她的两个喷雾瓶放在门廊上。

就像达里尔告诉她的那样，无论是谁负责这个用木板封死的塔迪斯之家，都用高科技键盘锁锁住了后门。这意味着他们在意里面的东西和它的过往。

至少在它被铲平之前，他们还很在意。

但也许那些知道战斗路 244 号内部真实情况的人急于看到它被拆除。想把多年前发生的事埋在地下室里。

马克斯知道她不能爬过窗户，因为窗户上装了防盗警报系统。她得从这扇门进去。而且，如果她能弄清楚键盘锁的密码，就没有人能指控她非法闯入。她只是"进入"而已。

她环顾四周，想看看有没有什么可以帮她破解锁的密码。

古老的油漆从房子饱经风霜的护墙板上脱落下来。她剥开一堆干涂料，在手掌里磨碎，直到它们变成细而粗糙的粉末。接下来，她把手放在与数字键盘同一水平线的位置上。最后，她一边吹着压碎的粉末，一边放下手，确保在整个键盘上覆盖上一层薄薄的粉末。

当一切"尘埃"落定时，马克斯注意到键盘上哪个数字的粉末最高。然后她开始寻找第二多的，第三多的和第四多的。

马克斯知道当手指接触物体表面时，会留下油脂残留物。油脂残留物就像胶水一样。第一次之后的每一次触摸都会留下少量的油性"胶水"。所以，要想找

到密码组合里的第一个数字，她只需要找有最多油脂
的那个键，也是有最多粉末的键。然后，她沿着粉末
的痕迹，按厚度降序排列，直到她输入正确的四位数
密码。

锁突然打开了。

马克斯推开了门。

她一边摆弄手机上的手电筒应用程序，一边心跳
加速，手电筒应用程序是 CMI 团队每个成员都得到的
外勤装备的一部分。

是的，她正在进入阿尔伯特·爱因斯坦曾经参观
过的房子。多么激动人心，就像在皇家阿尔伯特音乐
厅的后台一样。

这可能也是我小时候住过的房子，她想。

也许，她只是在自欺欺人。也许，她只是想和她
的偶像建立更永久的联系，而塔迪斯之家的传说给了
她一个机会。也许她只是一个普通的孤儿，被人遗弃
在隔壁间谍屋前廊的柳条篮子里，齐姆博士编造了在
地下室发现她的故事。

马克斯拿着手电筒在房间里到处照。手电筒的光
束落在那个蛛网覆盖的手提箱上——这个手提箱看起

来就像她的那个旧爱因斯坦纪念箱的放大版。这两个手提箱似乎是同一套配置。它们有一样的颜色，有同样的复古风格，还有同样的软垫皮革手柄。

马克斯拂去手提箱上厚厚的一层灰尘，撬开了它的铜扣。这个手提箱里也会塞着一张褪色的爱因斯坦照片吗？就像她的那个一样。当她打开盖子时，封存了几十年的污浊空气的气味扑鼻而来。

没有爱因斯坦的照片，什么都没有。

她用手摸了摸一个皱巴巴的松紧带边的布口袋。

袋子里有东西，感觉就像一张照片。

马克斯把它拿了出来。

那是一张婴儿的黑白照片。照片上是一个小女孩，一头蓬松的鬈发在脑后扎成一个蝴蝶结。有人在右下角草草写下了"多萝西"的名字。那是摄影师的名字吗？应该不是，可能是婴儿的名字。

那是马克斯的真名吗？

因为照片上的女孩看起来就像十二岁的马克斯的微缩版，尤其是那一头乱蓬蓬的鬈发。多萝西的头发也是红色的吗？这张黑白照片并没有给出答案。

马克斯把照片塞回布袋里，然后合上了手提箱。

"我想我有一个新的地方来存放我的爱因斯坦纪念品了，"她对自己说。她肯定会把箱子带回宿舍。

但首先，她得去地下室看看。

马克斯走下嘎吱作响的木楼梯，每走一步，楼梯就会塌陷一点。

当她下楼时，她的手电筒几乎无法穿透黑暗。这所房子没有可用的电灯。地下室靠近天花板的狭窄窗户被木板封得严严实实，月光都透不进来。

马克斯走到水泥地上，用手电筒照了照房间。

地板中央被烧成了黑色——仿佛一艘火箭把它当作了发射台。抬头一看，她看到天花板上挂着一串旧的烧焦的电缆，绝缘布都已经磨损了。

房间里有什么东西被扯掉了，又大又复杂的东西。

虫洞发生器？但在1921年，这样的装置怎么可能实现呢？

因为住在这所房子里的两位年轻科学家都是天才，就像马克斯和她的朋友们一样。据爱因斯坦说，他们比他自己更了解他的理论。

马克斯走到远处的墙附近。有一块黑板被擦得干干净净，还有一排笨重的、灰色的文件柜。马克斯吱这是我从未有过的那张婴儿照片吗？

"如果你想让自己的孩子聪明，给他们讲童话故事。
如果你想让他们更聪明，就多讲一些。"
——阿尔伯特·爱因斯坦

这是我讲给自己的一个童话故事吗？

的一声打开了一个抽屉。

空空如也。

可能是很久以前，有人来过这里，擦掉了地下室里留下的一切痕迹。希望他们做了笔记，拍了照片。也许，他们把这些年轻天才的作品保存在某个秘密存储设施中。也许政府已经掌握了一切，会非常高兴看到这所老房子被拆掉——因为他们根据这里的时光机建造了自己的时光机。

但所有这些都只是疯狂的猜测。

马克斯可以看到，塔迪斯之家除了达里尔讲的故事和一个装着婴儿肖像的旧手提箱外，什么都没有。

她爬上楼梯，谢天谢地，在她爬的时候，腐烂的楼板没有坍塌。她一把抓住一楼那个满是灰尘的旧手提箱，把它搬到后门。

一走出去，她怔住了。

十二个盘旋着的黑球，翅膀像蜂鸟一样扑扇着——就像哈利·波特魁地奇比赛中的高科技版金色飞贼——在她正前方摆成了一个金字塔阵。

领头的那个球居然开始跟她说话。

"我是维克托·冯·欣克尔教授。"无人机通过一个微型扬声器嗡嗡地说，"反抗是徒劳的，马克斯。站在原地别动。"

马克斯违抗了这个无人机的命令。她立刻跳回屋里，砰的一声关上门。她想用电话报警，打电话给查尔和伊莎贝尔。

但她已经违反了规定，偷偷溜出宿舍一次。查尔和伊莎贝尔不喜欢惯犯，尤其是当你做了他们已经告诫过不要做的事情时。

无人机砰的一下撞在坚硬的门上。

"跟我们合作。"会说话的无人机继续说道，它的声音被木栅栏所阻隔，"我们知道你被降职了，你不再是 CMI 团队所谓的天选之人了。"

"什么情况？"马克斯想，"'公司'怎么会知道呢？这仅仅发生在几小时前。"

"跟我们合作，凭借我们无限的资源，你和莱纳德可以掀起一场量子计算机革命。"

马克斯没有理会冯·欣克尔的话。她想知道"公司"是怎么知道她在哪里的。

她突然想到了答案，她的手机里有一个 GPS（全球定位系统）芯片。这意味着如果有人知道她的电话号码，就可以追踪到她，但只有 CMI 团队有这些信息。是不是又有间谍在为"公司"做卧底？怎么可能呢？

这似乎是唯一合乎逻辑的答案，不然那些盘旋的无人机是怎么找到她的？

因为她关掉了路灯的监控摄像头。她已经离开了宿舍，没有人知道她溜出去了。

是哈娜，马克斯想到了！她太想成为天选之人了，为了消除马克斯这个威胁，她什么都愿意做。克劳斯在早先的项目中做过类似的事情，当时他想成为负责人。

肯定是哈娜。

马克斯知道她该担心的是，之后是谁告发她？在她幸免于此次"公司"无人机为她准备的一切攻击之后。但是她能跑得过他们吗？

未必。

除非……

她把多萝西的照片从古董手提箱里拿了出来，把它塞进了风衣口袋。

这是她能从塔迪斯之家带走的唯一的东西。她会把手提箱留下，她无法把它带走。

因为她需要两只手来处理这些无人机。

"是时候让你忘记 CMI 团队的愚蠢，为'公司'工作了，马克斯!"门外领头的无人机说，"待在原地别动，我们来接你。如果你告诉我们怎么找到莱纳德，你将得到丰厚的奖赏。"

"是啊，没错，"马克斯想。"他们会让我亲眼看着他们拆掉那个可怜的机器人。"

她弯着腰，就像起跑线上的短跑运动员。她把手臂垂在地板上，弯曲着手指。

她只有一次机会。

就一次。

她深吸了一口气，抬起她的右臂，用手握住门把手，慢慢地向右拧。

"等车接你的时候让我们进去。"无人机里传来冯·欣克尔的声音，"我们会帮你更舒服地打发时间。"

马克斯等了一会儿。

然后她猛地拉开门，就在领头的无人机又冲了过来，眼看要砰地撞在门上的时候。

由于门是开着的，这架愚蠢的无人机并没有砰地撞在木头上，而是嗖地飞进了黑暗的房间。与此同时，马克斯弯着背迅速跑到门廊上，她的手完美地抓住了她之前留在那里的两个喷雾瓶。

她开始跑起来。

这群无人机仍然保持在悬停位置，丝毫不动。

"它们一定听命于领头的无人机，"马克斯想，"很好，这样我的工作就容易多了。"

她飞快地穿过草坪，冲到了街上。

"追上她！"她听见一个尖锐的声音说，"我们需要给她注射镇静剂。"

"不，想都别想！"马克斯一边想，一边摆动着手臂，风衣随风飘扬，她沿着街道向普林斯顿校园跑去。

无人机的速度很快。她能听到它们的金属翅膀在她身后嗡嗡作响。她向右拐，它们就向右拐；她向左拐，它们也向左拐。

它们穷追不舍。

突然，一架无人机飞到她面前，转了一圈后，直直地向她俯冲。

一根针从球体里伸出来，闪闪发光。

马克斯举起两个喷雾瓶，又向她的袭击者喷射出去。放热反应产生的毒气破坏了无人机的热辐射导引系统。马克斯再次向右侧身。"失明"的无人机将针扎进了柏油路，只差一英寸就击中了她的运动鞋。

马克斯又开始跑起来。

现在她跑进了校园，离玛茜学院不远了。

剩下的无人机还在她身后盘旋。

"投降吧，马克斯。"领头的无人机喊道，"我们不想伤害你。"

"不，你会的，"马克斯想，"你们这些'公司'的打手只会干伤害人的事情。"

她猛地转过身来，发现十一个黑球排成楔形，使得领头的无人机变得超级容易被发现。

她拉起两个喷雾瓶，对准了那架无人机。

"再见了，冯·欣克尔教授。"她喊道，然后给这个闪闪发光的黑球喷射了氨水和乙酸的混合物。

产生热量的烟幕扰乱了武器的内部制导系统。这意味着它也干扰了领头无人机向其余十架无人机发出信号。

不久，无人机开始在空中疯狂地旋转。有几架撞在一起，爆炸了。其中一架卡在了电线上，擦出一阵电火花。无人机像砖一样从天而降。一架撞上了一辆汽车的引擎盖，触发了恼人的警报。另一架砸碎了一扇彩色玻璃窗，警报也开始响起。马克斯再次奔跑。

当校园警察来检查事故现场时，她不想出现在街上。希望他们会把无人机残骸归咎于一场恶作剧。

马克斯溜进了玛茜学院的大厅。

"很棒的比萨派对，对吧？"克劳斯拿着一个纸盘子从公共休息室里走了出来，"这是我的第七块了！"

"是的，"马克斯说，"我吃了三块。"

"不可能，你至少吃了四五块。我看见你在往盘子里装东西。"

马克斯耸耸肩说："被你发现了。"

"我真希望本能多送些香肠，"克劳斯说，"谁想在比萨上放蔬菜？晚安，马克斯。"

"晚安，克劳斯。"

马克斯笑了。

显然，她的声东击西战术如她所希望的那样奏效了。

每个人都在狼吞虎咽地吃比萨，他们以为马克斯也在那里。

第十二章 启程

那天晚上，马克斯难以入睡。

这并不是因为西沃恩在下铺打鼾（她确实打鼾了）。

她只是有太多心事。

她应该告诉查尔和伊莎贝尔她遇到了"公司"的无人机吗？如果她这么做，就得承认她做了他们不让她做的事。此外，他们明天早上第一件事就是离开普林斯顿，前往西弗吉尼亚州。马克斯早上会紧跟在查尔和伊莎贝尔身边。只要她有人保护，"公司"就不敢再发动攻击，对吗？

但"公司"怎么知道我在哪里呢？她又想起这个问题。

起初，她认为可能是哈娜透露了她的行踪，以试图消除她对哈娜作为新的天选之人构成的任何挥之不去的威胁。如果旧的女王还在皇宫里游荡，新女王该如何就任？

但那很可能是她瞎想的，因为她被降职了。在被告知她是天才中最聪明的人之后，现在她又被告知她不够优秀。

马克斯从来没有刻意追求过这个头衔或职位。但她不得不承认，被选为一个天才团队的领队，获得这样的荣誉感觉很好。现在这一切都被夺走了。

被哈娜夺走。

被卡普兰女士夺走。

被本，夺走了。

被本降职是最伤人的。如果他开始邀请哈娜去吃私人午餐，那就更伤人了。

所以让哈娜成为嫌疑人，成为"公司"的间谍，让马克斯感觉好些。唯一的问题是，这说不通。哈娜怎么会知道如何与冯·欣克尔教授或者这个阴暗组织的其他人取得联系呢？克劳斯只是不小心给了马克斯一个手机，他没有意识到这实际上是一个复杂的跟踪设备。

不，"公司"可能以他们一贯的方式发现她在普林斯顿：使用高度复杂的面部识别软件扫描数千个她在去普林斯顿的路上没有注意到的监控摄像头。

也许我应该一直乔装打扮，就像我们在伦敦那样，她想。

然后，还有关于塔迪斯之家的一切让她思来想去。那对年轻夫妇的传说，他们丢失的孩子，婴儿多萝西的照片，那个看起来和她的那个手提箱很像的手提箱。

这与里奥告诉她的关于齐姆博士的事有点吻合。难道她的一生不过是 1921 年发生的一场离奇事故的结果吗？

"专注于手头的任务，马克斯。"她脑海里温柔的爱因斯坦说。

"但那个任务是什么？弄清我到底是谁？"

"你不用担心这个，马克斯。你已经知道自己是谁了。"

"不，我不知道。"

"但你应该知道，亲爱的。你是一个极具天赋与才华的年轻人，你在这个世界上大有可为。"

"但如果我是从 1921 年穿越到这里的呢？"

"这有什么关系吗？"

"当然。"

"时间是相对的。过去、现在和未来之间的区别只是一种顽固的幻觉。"

"我们所有人真正拥有的只有今天。"他用祖父般的口吻继续说道，"而今天，你的朋友需要你的帮助来解决这个世界上的饥饿问题。"

"事实上，"马克斯想，"我们明天才会离开普林斯顿。"

"当它到来的时候，就是今天。"

"没错。"

"马克斯，试着记住，你来自哪里并不重要，重要的是你要去哪里，到了那里你要做什么。只有为别人而活的生命才是值得的。"

"好吧，"马克斯叹了口气说，"我不会再纠结塔迪斯之家了。我将专注于饥饿问题，我会帮助哈娜和团队的其他成员。"

这正是她想要做的。

但第二天早上，在吃早餐时，她和西沃恩坐在一

"像我们这样相信物理学的人，知道过去、现在和未来的区别只是一种顽固的幻觉。"
——阿尔伯特·爱因斯坦

张长桌旁，遇到了普林斯顿高等研究院的香农·麦克纳博士。她在经过马克斯的桌子时，停下来向她打了个招呼。麦克纳博士看上去确实像教授。她穿着一件长长的白大褂，梳着一个老式的、精心梳理过的发型，她的头发比雪还要白。

"托马和达里尔告诉我，你对战斗路上那所房子的过往非常感兴趣。"她边说边递给马克斯一张名片，"如果你再来普林斯顿，请联系我。我对'塔迪斯之家'的了解比任何人都多。"

马克斯当然还想知道更多。

"你怎么了解这么多？"她问道。

"这么说吧，我比研究所的其他人都要老。"

"但……"

麦克纳博士和蔼地笑了笑，拿着香蕉挥了挥手，那似乎就是她全部的早餐，然后她走开了。

马克斯想去追上麦克纳博士，但西沃恩将一只手轻轻地放在她的肩上，使她无法站起来。

"喝完你的粥，"西沃恩说着，指向马克斯盛着燕麦粥的碗，"兔子在你的碗里拉屎了吗？"

马克斯忍不住笑了。

两难选择：在两种或两种以上的选择中，尤其是在不可取的选择中，必须做出艰难选择的情况。

A）她带着香蕉和关于时间旅行者之家的隐秘知识。

B）他们为饥饿的世界带来希望。

和A走，会令B失望。

和B走，失去能从A处获取的知识。

"那些是葡萄干。"她解释道。

"是的，葡萄掉在地上会发生什么呢？枯萎，死去。"

"我想知道麦克纳博士对塔迪斯之家知道些什么。"马克斯低声对她的朋友说。

"本要我们坐车去西弗吉尼亚州。你从白发博士身上学到的东西能帮助消除全球饥饿问题吗，马克斯？"

马克斯摇了摇头，说："不能。"

"嗯，正如一位智者曾经说：'只有为别人而活的生命才是值得的。'"

"你这是在引用爱因斯坦的话。"

"是吗？"西沃恩开玩笑说，"一直以来，我都以为那是你在那个脏兮兮的手提箱盖上胡乱写的东西，你总是拖着它到处走。保持专注，马克斯。这个团队仍然需要你。"

马克斯咧嘴一笑，点了点头。当然，西沃恩并不知道，她也引用了马克斯脑海里的爱因斯坦的话。他也敦促马克斯把注意力集中在手头的任务上。

所以，当马克斯把燕麦粥和葡萄干送进嘴里时，她开始思考，这个问题有没有简单的解决办法？

结束世界饥饿的简单方案在哪里？

简单能解决复杂吗？

是的！这就是爱因斯坦一直在做的事。他总是习惯把复杂的问题简单化。

"准备好了吗？"西沃恩轻轻地摇晃着马克斯，使她从恍惚中清醒过来。

"嗯？"

"他们正在装车。我们得走了，马克斯。"

"我们到底要去哪里？"她迷迷糊糊地问，半梦半醒似的。

西沃恩翻了翻白眼。"西弗吉尼亚州，马克斯。要专注，小姑娘。保持专注！"

是的。

马克斯真的需要开始专注了。

伊莎贝尔让自动机器人里奥驾驶这辆笨重的黑色面包车，车内有四排座位，可以容纳十一个乘客。

"这比自动驾驶汽车还棒，"克劳斯说，"我们有一个机器人司机！"

"哇！"其他的孩子都叫了起来。

马克斯不得不承认，有一个机器人开车简直太酷了。不再需要单独的 GPS，因为它已经在里奥的大脑里了。当然，如果没有爱因斯坦的相对论，GPS 是无法工作的。

"感谢你们给我这个机会，让我成为一个真正的团队成员。"里奥说，"我预计大约三小时四十五分钟后到达西弗吉尼亚州的谢泼德镇附近。当然，如果大家想去上厕所，我很乐意在沿途停留。我自己没有这样的需求。"

"的确。"托马说，"不过，我们应该把你的充电器插在 USB 接口上，这样你就不会在开车时睡着了。"

"别害怕，托马。我已经充满电了。我还预选了一些有声书，可以让这二百三十英里的旅程过得飞快。"

"嘿，克劳斯。"基托说，"你给里奥设置静音了吗？因为我不可能听四个小时的有声书。"

"不需要播放音频，里奥。"克劳斯对机器人说，"只管开车。"

"克劳斯，你的愿望就是给我的命令。"里奥说。

"是的。"克劳斯挺起胸膛说，"每当他的语音识别软件接收到我的命令时，这就是我给他设置的新回应。"

"有没有防止虐待机器人协会?"安妮卡想,"如果有的话,我们一定要告发你,克劳斯。"

"孩子们?"坐在前排副驾驶座位上的卡普兰女士说,"我建议你们明智地利用这段时间研究你们的简报。"

"或者睡个午觉。"查尔嘟囔着,闭上眼睛,向后靠在第二排的座位上。

"如果你需要我,就叫醒我,里奥。"伊莎贝尔说着,也闭上了眼睛。

"我预计不需要帮助,"里奥轻松地说,"我会遵守所有的限速警告和交通规则。"

伊莎贝尔咧嘴一笑,摇了摇头。"真无聊。"

马克斯翻开了哈娜和卡普兰女士整理的文件夹,上面有各种各样的彩色标签,比如"项目目标"和"可交付成果",更不用说时间轴和一系列图表和流程图了。

在马克斯当领队的时候,她从未如此精确和详细地规划过 CMI 的项目。她从不把所有东西都整理在文件夹里。她只是进行头脑风暴,想出如何一步一步把她的宏伟想法变成现实。她通常在笔记本上涂鸦,或用短粗的粉笔在黑板上写写画画。

马克斯的风格为即兴发挥留下了空间。当情况或条件发生变化时，团队可以临时改变一些事情。

哈娜的方法肯定更加保守。但如果世界的发展不按她的流程图走呢？如果有惊喜和意想不到的发现呢？发生意外灾难怎么办呢？在实现目标之前，他们可能至少需要重写一两次这个行动计划。

忘了找休息站。哈娜和卡普兰女士可能需要里奥帮她们找到一家办公用品店，一个能买到更多彩色标签的地方！

当货车驶过马里兰州北部时，里奥驶离州际公路，沿着出口坡道行驶，并宣布了他的决定。

他说："我们现在已经走到了旅程的一半。"然后他咯咯地笑了起来（克劳斯似乎无法从里奥的电路板中抹去他的这个怪癖）。"在这里停一下，上个厕所，吃点点心，休息一下。等你们都回到车里的时候，我已经去加油站把油箱加满了。"

"你们都下去吧，"伊莎贝尔说，"我和里奥一起去加油站。我可不想有人在看到机器人驾驶时心脏病发作。"

"他们最好习惯一下。"克劳斯说着，从第三排座位上爬了出来，"里奥代表着未来，自动驾驶汽车的浪潮很快就会席卷这些高速公路，没有什么可以阻止这股浪潮！"

"除非，"托马说，"有人可以回到过去，阻止第一个机器人的发明。"

"事实上，"逻辑超强的安妮卡说，"如果你想阻止科学进步，你必须回到更远的过去。"

"没错，"西沃恩补充道，"你得回去阻止那个发明轮子的人，也许要用棍子敲他的头。"

"但是发明棍子的人呢？"蒂莎说，"如果你想阻止科学发展的进程，你必须阻止每一个人，还有那个做鱼钩的家伙。"

"还有第一个吃龙虾的人，"克劳斯说，"他一定是非常饿了！"

马克斯喜欢和CMI团队的成员们一起玩耍，因为他们可以就任何事情进行有趣的辩论。

她和西沃恩终于在其他人之后从面包车里钻了出来。

"拿上些柴油，"查尔说，"当我们在野外工作时，可能需要它来发电。"

"好的。"伊莎贝尔说。

马克斯在休息站的小吃店待了一会儿，那里卖各种薯片、糖果、饮料和塑料包装的烘焙食品。一个穿着绿色工作服的人正把预先包装好的蜜糖包从架子上拿下来，放进一个大箱子里。

"打扰一下，"马克斯礼貌地说，"那么多食物是怎么回事？"

"我需要把它们从架子上拿下来。"那人告诉她。他举起一个包裹，把它翻过来，给马克斯看上面印着的日期。"看到了吗？它今天到期。我们得把不新鲜的东西处理掉，换上新鲜的。"

"那过期的食物去哪里了？"

男人耸了耸肩，说："我想是垃圾箱吧，也可能是一个垃圾填埋场。"

"如果有人吃了，比如说，你刚从架子上拿下来的过期的蜜糖包，会发生什么糟糕的事情吗？有什么不良后果吗？"

"不会。事实上，这样的包装食品在保质期后很长一段时间内都是安全的，如果它被妥善处理和保存的话。"

"谢谢你，先生。"

"你要蜜糖包吗?"那人说着，指了指垃圾桶里的一堆，"这是免费的，反正我要扔了它们。"

"谢谢。"马克斯说着，接过包裹密封好的挂着白色糖浆的炸面包。

她迫不及待地想尝尝。

不是因为她喜欢泡在糖浆里的炸面包。

而是因为她开始有了一些关于如何对抗世界饥饿问题的想法。

第十三章　碰壁

　　冯·欣克尔教授提着他的空手提箱，一瘸一拐地走进普林斯顿大学。

　　当时刚过中午，他本想早点来检查无人机坠毁的地点，但需要先等校园警察和其他地方的相关部门完成调查。他们的调查已经持续了一整晚，到第二天才结束。

　　对这起事件，官方的评价是"书呆子的恶作剧"，因为该事件给校园里的几座建筑和停在街道的多辆汽车造成了损害。此刻，维护工人正在清理冯·欣克尔教授武装无人机飞行队的金属遗骸碎片。有两个工人用一根长杆打落了一架孤零零卡在树上的无人机，它哗啦啦地落在人行道上，碎了一地。接着，工人们把锃亮的碎片都扔进一个黑色的塑料垃圾袋里。

冯·欣克尔武器箱里的泡沫槽以后会空空如也。因为不知何故，他的无人机大队的红外制导系统出了岔子，整个队伍全军覆没了。

愤怒的教授不得不另寻他法来制服马克斯·爱因斯坦，强迫她为"公司"效命。他并没有向董事会报告他这次行动失败，这在他看来只是一个小小的、暂时的挫折。

因为，他知道马克斯·爱因斯坦的确切位置。

她就在马里兰州的一个休息站，正吃着好吃的。

是的，他就是这么厉害。

而更厉害的是什么呢？

那就是他的卧底很快就能把马克斯送到西弗吉尼亚州。

而那里恰好是"公司"的地盘。

CMI 团队到达西弗吉尼亚州后的第一站是一个教堂。

"我们为什么要停在这里，里奥？"坐在第三排的基托问道。

"因为这是你们的新队长哈娜给我下的命令。"机器人男孩答道。

"我认为，这一站对我们所有人都将是有指导性意义的一站。"哈娜说道，"这个教堂每周两次开放设在地下室的食物配发点。我们可以借此机会了解美国饥饿问题的真实情况。蒂莎，请把统计数据调出来给我们。"

"稍等，"蒂莎翻过她的活页夹说，"这里没有数据标签。"

哈娜告诉她："数据是归档在背景栏下的。"

"那个蓝色的标签吗？"

"对的。B 代表背景，也代表蓝色。"

"收到。"蒂莎说，"找到了，情况是这样，在 2008 年的经济萧条后，现在美国的家庭并非只在紧急情况下才去食物配发点。为应对每月的食物预算不足，许多家庭都把食物配发点当作他们长期策略的重要组成部分。而且值得一提的是，来这里的人一半以上都有工作。"

"那他们是买不起吃的吗？"托马问道。

"没错，"哈娜答道，"如今，工资最低的家庭只能在食物、药物、交通和住房上做选择。"

"但食物配发点并不是解决饥饿问题的长久之计啊。"克劳斯说道。

"是的,"哈娜说,"确实不能。"

查尔回到车上,说:"教堂很安全。"他和伊莎贝尔快速扫视了一遍教堂,确保没有"公司"的人藏在排椅下或钟楼上面。

于是,大家一起走进教堂,下楼梯到地下室。

马克斯仔细观察着全场。

那里有一大群人——有些是老人,有些牵着孩子的手,有些穿着工作服——他们都在走廊里排队,尽头是一扇半开的门。那里有一个志愿者将苹果、麦片和大米等各种食物放进一个空香蕉箱。每个家庭都能领到一箱食物,每箱装的食物也是一样的。

马克斯翻出她的速写本,开始涂鸦。

她想,这里可以安排得更好些。同样的食物可以通过更有尊严的方式发放给大家。

大厅尽头有个主日学室,食物正是从这里发放出去的。当CMI团队在这里集合时,马克斯向大家说道:"你们觉得可不可以用另外一种方式来分发食物呢?是否可以不发一样的食物箱,而是改为,比方说食物券呢？比如，一张食物券可以换三种蛋白质食品，两种淀粉，以及四种水果和蔬菜。然后，教堂可以把所有食物都放在架子上，就像超市一样。他们还可以直接用这个房间，因为我猜这个房间在工作日也总是闲置着的。"

"对啊，"基托回应道，"主日学通常就只在周日进行。"

马克斯十分兴奋，继续说道："来食物配发点的人可以推着购物车在货道上选购，然后用食品券结账。这样可比厚着脸皮去领一箱子别人分配的吃的要有尊严多了。"

"如果他们能这样做，"马克斯接着说，"那这整个过程更像是购物，而不是救济。"

"好主意，马克斯。"西沃恩说。

"太棒了。"蒂莎也说。

哈娜看上去有点丧气，而卡普兰女士则厌恶地瞪了一眼马克斯。

"我觉得你忘了一点，马克斯。"她严厉地说。

"你说得对。就是牛奶和乳制品，他们需要一个冷藏柜用来装奶酪、鸡蛋之类的东西。"

旧办法：每人拿一箱装好的食物。每个箱子里的
食物相同。

新办法：由客人选购。每人去拿家里真正需要的东西。

食物＋选择＝营养＋尊严

卡普兰摇了摇头。

"不是这个，马克斯。你忘记了，你被降职了。这次行动不由你负责！"

"来这边，马克斯。"西沃恩说，"我们去帮助他们收拾香蕉盒子。"

"好主意，"蒂莎说，"做点其他的，转移一下注意力。"

马克斯点点头，尽量不让任何人看出卡普兰女士的话有多刺痛她。她并不想掌控一切。她只是进行了一次头脑风暴，有了一个想法，然后就迫不及待地想和别人分享。西沃恩和蒂莎是她真正的朋友。甚至不用马克斯说出来，她们就懂她的感受。

"两个小时后，我们就要到达指定农场并完成实地考察。"哈娜在确认完时间表后通知大家，"车程要三十分钟，所以我们还剩九十分钟的时间做调查。"

"我建议你们用这段时间研究一下你们手上活页夹的绿色标签里的内容。"卡普兰女士说道，"也就是《可持续农业 101 号》。这个文件能让大家大致了解一下接下来要与卡利家（实地调查的农场主家）合作的目标。"

"如果你不介意的话，哈娜，"蒂莎一边说，一边堆出灿烂的笑容，"我和马克斯还有西沃恩去找食品配发点的工作人员做深入的终端用户调查。就像你说的，这样可以更好地了解美国饥饿问题的真实情况。"

"听起来计划可行，"哈娜说，"期待你们的完整报告。"

西沃恩说："我们也期待报告顺利。"

西沃恩和蒂莎对着哈娜大捧特捧，专挑她想听的话去说。马克斯忍不住笑了。

于是三个好朋友离开了主日学室。

"马屁精。"在确定哈娜和卡普兰女士听不到后，马克斯小声说。

"有用就行，好吗？"西沃恩说，"我们把你从卡普兰女士那里解放出来了。"

三人走进一间储藏室，一个志愿者向他们展示了如何包装盒子。

"每个领取人得到的都是一样的食物，"志愿者解释道，"这样就不会吵来吵去的了。感谢你们来帮我，我得去窗口那边了。"

　　志愿者走了，她们仨就开始一边把定量的瓶瓶罐罐或者袋装的食物装进一个个纸板箱，一边聊天。

　　"所以，卡普兰女士为什么这么讨厌我呢?"马克斯大声问道。

　　"我觉得，"蒂莎说，"你可能让她想起了曾经的自己。"

　　"啊?"

　　"我打赌，年轻的塔里·卡普兰，在我们这么大的时候，肯定也是个理想主义者。当时她对如何拯救世界可能也有各种各样的想法。"

　　"那为什么她会讨厌我?"

　　"因为，"西沃恩说，"在成长的过程中，她变得越来越愤世嫉俗。她大概觉得那个曾经试图改变世界的自己是个白痴。"

　　"所以她就把气撒在你身上，马克斯。"蒂莎说。

　　"有趣，"马克斯说，"所以，你俩到底是啥时候拿到心理学学位的?"

　　朋友们都笑了起来。

　　西沃恩开玩笑说："我们就是这么聪明。"

　　所有的箱子都装上了定量的食物后，马克斯和朋友们走进了等待领取紧急食物的队伍中。她们向大家介绍自己，听着饿肚子的人讲述各自的事情，和一些人拥抱，甚至还和一些人说笑。

马克斯遇到一个名叫萨姆的女孩，这让她想起了小时候的自己。

"我们都起男孩子的名字，"萨姆说，"名字让我们更坚强。"

"我也觉得。"马克斯告诉她，"你知道吗？我以前无家可归。"

"真的吗？"萨姆说，她看起来有八九岁，"听起来真让人难过，我好歹还有个家。"

"我们来这里只是为了减轻一点食物上的压力。"萨姆的妈妈解释道。

"我的妈妈和爸爸很聪明，"萨姆说，"他们把我照顾得很好。"

"还有，"马克斯笑着说，心却碎了，"他们也让你成为一个非常幸运的女孩。"

因为马克斯从来没有过爸爸妈妈。

她也从未有过自己的家。不过在她还是个婴儿的时候或许有过，她那时或许是有家的。

就在新泽西州普林斯顿的战斗路上。

与她目前所在之地相去甚远。

第十四章　卡利家的农场

"考虑到目前的交通状况，我们应该能在二十七分钟后到达卡利家的农场。"里奥驾驶着 CMI 团队的面包车，说道。

"看到任何滑板公园的标志了吗，里奥?"基托问道。

"无。"

基托瘫在座位上。作为一个来自奥克兰的城里孩子，他非常不喜欢 CMI 任务中关于"回归农场"的部分。

马克斯坐在后排靠窗的位置。当里奥在一个红绿灯前停车时，她的目光飘向一家杂货店，一个店员正推着一辆装满一袋袋水果、蔬菜和肉类的手推车走向垃圾箱。另一个店员已经在那里了，把装得鼓鼓囊囊的塑料袋扔进那个大铁箱里。

"你觉得他们是在扔掉食物吗？"托马问道。他坐在马克斯前面靠窗的座位上，也在看那边。

"看起来是这样。"马克斯说。

"真是浪费。"

路边再远一些的地方，马克斯看到一个餐馆工人也在做一样的事：拖着两个橡胶桶走向垃圾箱，那里还有另一个餐馆杂工把一盘又一盘的剩菜剩饭往里倒。

"请问，"一向很讲逻辑的安妮卡一直在观察餐馆工人扔掉成堆的食物，她问道，"既然美国能白白扔掉这么多吃的，怎么又有粮食危机了呢？"

"里奥，如果可以的话，开快一点吧。"卡普兰女士发话，"我们可不能第一次见农场主就迟到。按计划我们得在十分钟内开到卡利家。"

"需要我来开吗？"伊莎贝尔问。

"不用，谢谢你。"里奥说，"我会加速到法律和道路条件允许的上限。"

"现在就加速！"卡普兰女士厉声说。

面包车窗外的风景变成了一片绿色和棕色的模糊

逻辑问题：
如果每天都有大量食物被扔掉，那为什么还会缺少食物？

解决世界饥饿问题的方法？食物！

"扔掉食物就像从那些贫穷、饥饿的人的餐桌上偷食物一样。"
——教皇方济各

景象。他们到乡村了。

但马克斯一直想着那些她亲眼所见的被扔掉的食物。

她把那些画面归档到她秘密收集的想法活页夹里。她正在酝酿一个大计划。

一个她不愿与 CMI 团队分享的计划。

因为，正如卡普兰女士提醒马克斯（至少两次）的那样，她不是队长了，她已经被降职了。

这对一个从未想要掌控一切（除了自己的人生）的人来说真的太伤人了。

冯·欣克尔教授驾驶着他那辆笨重的黑色越野车，在一条满是车辙的土路上行驶着。

车子每开过一个坑就会颠簸一下。冯·欣克尔个子很高，所以每次颠簸都会让他撞到车顶上。车子飞转的轮胎喷出沙石，叮叮当当地敲打着车子的底盘，留下凹痕。但冯·欣克尔并不在意，因为车子是租来的。

他必须走后门去西弗吉尼亚乡下卡利家的农场——马克斯将于三点到达那里——因为他的行踪不能被 CMI 团队发现。

卧底已经通知冯·欣克尔，由查尔和伊莎贝尔组成的二人组受训于以色列安全部队，训练有素，装备也十分精良。

因此，他选择了一条只有农民才走的小路。

三点过后，他将抓住马克斯和莱纳德，并将他们拖到"公司"在西弗吉尼亚山上的秘密基地。

在与卧底一阵信息沟通之后，冯·欣克尔教授制订好了他的抓人计划，详细到每一分钟要做什么。

一旦卧底对在场情况做好实时评估，他就会用计策将守卫马克斯的查尔和伊莎贝尔引开。只要查尔和伊莎贝尔被引开了，马克斯为了自身安全，就会回到队伍的面包车里，同在车里的还有驾驶座上的莱纳德。如此，冯·欣克尔教授就能将两个目标一举拿下。

幸运的是，在西弗吉尼亚州买枪很容易。当天早些时候，冯·欣克尔就买好了几把。

他或许不再有自己的无人机了，但他有猎枪。如果一切按计划进行，马克斯将在一个小时内成为他的俘虏。

这个计划肯定会成功。

因为正是他——冯·欣克尔教授在掌控着这一切。

CMI 的面包车在下午快三点的时候到达了卡利家

的农场。

"所有人都下车，"卡普兰女士说，"除了你，里奥。你有可能会吓到卡利夫妇和他们的孩子。"

"是啊，"基托附和说，"你那张塑料脸和塑料头发，还是会让我害怕的。"

"关机。"哈娜说着，拨动了里奥背上的开关。

"关机。"里奥含糊地说着，头往前一倒，在方向盘上颤了颤。

"慢点，哈娜。"克劳斯说着，从车子的侧门下去了，"你这样会把他的额头撞凹的。"

"不好意思。"哈娜说。

"也许你应该把一些责任分给别人，"安妮卡说，"让克劳斯负责里奥的行动吧。"

哈娜没理她，只朝农舍门廊方向点头示意，卡利一家（妈妈、爸爸、两个儿子，还有一个女儿）正站在那里满怀期待地等着他们。

"下午好。"哈娜说着，领着大家走到了门廊处。卡普兰女士走在她旁边。查尔和伊莎贝尔在后面，不断扫视着广阔的田野，侦察入侵者和潜在危险。他们时不时地拍拍身上的背心，以确保他们的武器都在该在的位置。

"我们来自变革者协会。"哈娜向农场家庭介绍。

"我们是来帮忙的。"基托补充道。

"谢谢你们的到来。"农夫说,"我是库尔特·卡利,这是我妻子汉娜,我们的儿子,泰勒和昆廷,还有我们的女儿格雷丝。"

哈娜快速介绍了她的团队成员,最后才介绍马克斯。

"马克斯·爱因斯坦?"卡利太太说,"与阿尔伯特·爱因斯坦有关系吗?"

"很难说有。"卡普兰女士向后冷笑着说。

哈娜继续说:"我们来是想和你们谈谈可持续农业。"

卡利夫妇点点头。

"我们在西弗吉尼亚大学农业学院学过这个。"卡利先生说。

"我们就是在那儿认识的。"卡利太太笑着说道,还抱了抱她的丈夫。他们的孩子则咯咯地笑,引得马克斯也笑了起来。

哈娜只是点了点头,继续发表她精心编排过的演讲。

"然后，正如你在大学学过的那样，可持续农业的目标是既满足当前社会对食物的需要，又不损害后代（如你的孩子）满足他们的需求的能力。"

农夫一家点了点头，也许是希望哈娜完成她的演讲后能给他们提供一些实用的建议，告诉他们哪方面可以改进，但她没有。她继续说着，大谈把粪便变成肥料，以及利用雨水灌溉的话题。

农夫开始坐立不安，卡利先生看了看他的手表。他的女儿开始摆弄她的洋娃娃，两个男孩看起来想要跑进屋去玩电子游戏。

"等等，"卡普兰女士说，"查尔、伊莎贝尔，你们看到了吗？"

"看见什么？"查尔问。

"谷仓里有动静。"

"可能是我们家的猪。"卡利先生说。

"我们得确定一下，"卡普兰女士说，"去吧，检查一下。"

查尔和伊莎贝尔点了点头。

"你们最好还是先进屋吧。"伊莎贝尔对卡利一家说。

"为什么?"卡利太太边问边站到她的孩子们的前面,"发生什么了?"

"应该没什么,就是为了安全起见。"

"进去吧,各位。"

农夫一家急忙进屋。

查尔和伊莎贝尔则转进谷仓。

"马克斯,"卡普兰说,"回车上去。"

"为什么?"马克斯说。

"回到车上去!就现在!"

"为什么?"西沃恩坚持问道。

"如果确实有人在谷仓,"卡普兰女士说,"就很可能是'公司'来绑架马克斯的。他们不是第一次这么做了。"

"那她就不应该一个人待着。"蒂莎说。

"大家都围着马克斯,"安妮卡说,"围成一圈。"

"如果他们想抓马克斯,"克劳斯挺起胸膛说,"他们得先过我这关。"

"还有我!"基托跟着说。

"是啊!"托马也说,竭力表现出勇敢的样子。

所有的队友，包括哈娜，都围着马克斯，眼睛盯着前方，侦察入侵者。

"不！"卡普兰说，"马克斯得去车上，里奥可以保护她。"

"里奥关机了，你不记得了吗？"克劳斯说。

卡普兰女士试图把马克斯和她的朋友们分开。

"滚开，你个该死的浑蛋！离马克斯远一点。"西沃恩喊道。

就在这时，一辆黑色越野车突然出现在远处的山顶上，大概半英里远。

它发动引擎，穿过摇曳的草场。

向他们冲过来！

第十五章　遭到质疑

马克斯推开她的朋友们，但朋友们紧紧地抓住她。"让我走！他们就只想活捉我。"

她找到人墙中最薄弱的一环，推开托马，跑出农舍。她刚跑，越野车就转向了。

马克斯跑出了大概二十米远，她不想害她的朋友和农场主一家受伤。

此时那辆越野车离她大概有五十米。

马克斯突然停下，原地不动。然后，双手叉腰，挺起胸膛，盯着迎面冲来的像头牛似的黑色越野车，目光如炬。

她想，不可阻挡的力量与静止不动的物体对上了。

她像顽石一样站着的时候，大脑的某一部分正在飞速运转，分析着这句话。如果存在一种不可阻挡的力量，那么就没有什么是静止不动的；如果一个物体是静止不动的，那么就没有什么是不可阻挡的。

越野车的司机肯定也在想这个逻辑问题。

因为他也猛踩刹车，掀起一大块草皮，车轮犁出了两条深沟，车身向一侧滑去。车子完全停下来时，主驾驶的车门离马克斯的位置只有大约十米远。

门开了。

一个顶着大菠萝头的大块头男人走了出来，穿着一件黑色长外套，手拿一把猎枪。马克斯一眼就认出了他，因为她和本在伦敦的那次聊天中简单提到过他。

是冯·欣克尔教授。邪恶"公司"新来的打手，齐姆博士的替代者。他穿着厚厚的军靴，看起来至少有两米多高，靴子陷进了草场的淤泥里。

"上车吧，小姑娘。立刻马上！"冯·欣克尔嘟哝道。

马克斯瞥了一眼卡普兰女士吩咐查尔和伊莎贝尔去的谷仓。她看到空草棚里反射出一道光。脑子里迅速做了一些基本三角函数运算后，她向右走了两步。

"我说，给我上车！"冯·欣克尔咆哮道，一边冲着马克斯一瘸一拐地往左走了两步。

马克斯又往右走了两步，冯·欣克尔也跟着她往左两步。现在，他离他的大越野车有八米远了，准确地站在马克斯想要形成的某个等腰三角形的顶点上。

"我猜你想要里奥，或者说，莱纳德吧？"马克斯冷静地问道。

"是的，"冯·欣克尔冷笑道，"我会去面包车上把他抓住。"

马克斯点点头。冯·欣克尔当然知道里奥正坐在驾驶座上，耷拉着脑袋，处于睡眠状态。因为马克斯知道是谁让里奥留在那里的，正是那个刚刚命令马克斯去面包车上等着的人。

就是这个人，一直向"公司"泄密，告诉"公司"马克斯和朋友们的所在位置。

"我猜你也想接上卡普兰女士吧。"马克斯大声喊道，声音大到她的朋友们都可以听见。"她为'公司'工作多久了？我敢说肯定比她在 CMI 的时间要长吧。"

冯·欣克尔瞪了一眼马克斯，然后转向农舍前的人群。

"塔里！"他喊道，"启动你的撤退方案，行动！"

"她是他们那边的？"克劳斯喊道。

"天啊！"西沃恩惊叫。

"你们快抓住她，别让她跑了！"基托说道。

马克斯看到她的朋友们，包括哈娜在内，都紧紧抓住卡普兰女士，不让她跑。

"放开她！"冯·欣克尔一边大喊，一边举起猎枪，瞄准马克斯的胸口，"否则马克斯就得死。"

马克斯的朋友们立刻松开了紧抓着卡普兰女士胳膊的手。

"愚蠢的理想主义者，"她朝他们啐了一口，"该帮自己的时候你们却去帮别人，纯属浪费时间。"

"像你一样？"蒂莎说。

"是的，蠢小孩。像我一样！"她以最快的速度穿过草场，向越野车跑去。

"顺便说一句，我很抱歉。"马克斯对冯·欣克尔说。

"抱什么歉？"他一瘸一拐地向前走，"因为在英国的那场车祸？把我一条腿弄跛了？"

"是的，但也为你另一条腿抱歉。"

"另一条腿？"

"有红点的那条。就在那儿，你大腿上，看到了吗？"

右腿上冯·欣克尔的黑色长外套盖住的地方有一个小激光点在发光。这是一个直角三角形的斜边顶点 A 点，而草棚里端着枪的伊莎贝尔则是 B 点。

红点爆炸，血花四溅。

一辆车从谷仓里疾驰而出。

冯·欣克尔随之瘫倒在地，就像有人从他的下面把他的腿打断了，那是伊莎贝尔完美地射中了他的大腿肌肉。

与此同时，查尔坐在车上，手上转着一副套索，这让马克斯简直不敢相信，那套索肯定是在谷仓里找到的。

查尔像个牛仔竞技冠军一样把套索扔向卡普兰女士，把她套在圈里，猛地向后拉，拉紧绳索，让它紧紧缠住卡普兰女士的腿。

随着一声尖叫，她脸朝下栽倒在泥土里。

马克斯的朋友们都跑过来，把她团团围住，查尔则抽身冲到冯·欣克尔教授瘫倒的地方。

"我们需要急救箱，马克斯。"查尔边说边下车，

$$\sum_{i=1}^{M}(y_i - g_i)^2 = \sum_{i=1}^{M}\left(y_i - \sum_{j=0}^{P}\omega_j \times x_{ij}\right)^2$$

$$J(\theta) = \sum_{i=1}^{n}\|B_i\|$$

是的，牛仔也得懂数学和物理！

踢开冯·欣克尔一直伸手去够的枪。查尔掏出一把手枪，指向地上那个满身泥泞的大块头，同时在他身上从上拍到下，看看是否还有其他枪在他身上。"教授，你一步也别动。"

"我去拿急救箱。"马克斯说。

她跑向面包车，拉开驾驶座的车门。急救箱在里奥的座位下面，但他的腿被锁住了，动不了。马克斯沿着他的背部四处摸索，找到电源开关，狠狠地敲了一下。

里奥的电子部件呼呼运转起来，他坐直了身子，说道："你好，欢迎使用。我是否错过了什么？"

"我们当初为什么要来西弗吉尼亚州？"托马抱怨。

"这是卡普兰女士的主意。"哈娜说，"其实，我觉得去新墨西哥州更合适。那里的粮食危机数据更好。"

"你说的更好，是指情况更糟吗？"安妮卡问道。

"正是。"

"所以这整个行程都是该死的圈套吗？"西沃恩说，"就是塔里·卡普兰女士的一种间谍伎俩，为了抓马克斯，选择了她和'公司'想要去的地方。"

"可是为什么'公司'或者某人希望马克斯来西弗

吉尼亚州呢？"基托问道。他一下子转向主人卡利一家，彼时他们已经摆好了一张盖着红格子桌布的长桌，为 CMI 的孩子们准备了一顿农场的新鲜大餐。"无意冒犯，你的农场很美，但西弗吉尼亚州有城市吗？"

"有好几个。"其中一个儿子说。这个男孩似乎不太乐意和一群城里的小孩分享一碗碗土豆泥和一盘盘炸鸡，就算大家都觉得他们是天才。

"这不是卡普兰女士一个人决定的，"马克斯说，"本也参与其中。"

"就是他联系我们的，"卡利说，"一个叫本的年轻人。"

"他是我们的赞助人，我们的经费主要都是他资助的。"哈娜解释说。严格来说，哈娜仍然是队长，即使任命她的裁判之一刚刚被揭露是内鬼。

当查尔和伊莎贝尔告诉他塔里·卡普兰是怎么背叛他和 CMI 的事情时，本还打了几个电话。

"她怎么能做这种事？"本喃喃自语，"她为什么要背叛我们，背叛我们的计划？"

"大概因为你是个理想主义者吧！"在本和他们视频通话的时候，后面的西沃恩大声说，"卡普兰女士的另一面就是个怨气十足的老顽固。"

查尔和伊莎贝尔用拉链条把卡普兰女士和冯·欣克尔教授铐了起来。最后，警察和联邦调查局过来把这两个满身泥巴的邪恶"公司"的成员带走了。被抓后，他俩一声不吭，马克斯认为这是他们从"公司"的间谍学院学来的。

"那么，那个穿黑大衣的先生为什么这么想抓到你呢，爱因斯坦小姐？"卡利太太问道。

"因为她很特别。"克劳斯讽刺地说。

"是的，"基托补充说，"出于某种原因，这个称为'公司'的邪恶跨国集团想让马克斯为他们效力。"

托马也说："他们觉得需要马克斯来帮他们造一台量子计算机，这样他们就可以统治世界了。"

"所以说，马克斯对我们的团队来说真是一个相当大的负担。"哈娜不屑地说。

"别火上浇油，哈娜。"西沃恩呵斥道。

"是啊。"蒂莎也说。

"我很抱歉这么说。我无意冒犯，只是在陈述事实。马克斯是别人的目标，那当她和我们一起出行或行动时，我们就也变成了别人的目标。"

　　"我不想承认，"安妮卡说，"但是哈娜说的话蛮符合逻辑的。如果马克斯不是我们团队的成员，那我们就可以更专注于我们的使命。"

　　西沃恩越听越气："安妮卡，你是不是忘了马克斯上次在以色列救过你？"

　　"没有，我没忘。但如果她不是我们团队一员，我也不会有危险。"

　　队友们还在争论着马克斯对团队来说是福还是祸，而她本人的目光则顺着桌子飘到了卡利夫妇的邻居一家。卡利夫妇邀请邻居一家来共进晚餐，也好让他们见见这些"能帮到大家的聪明孩子"。

　　两家大人都皱着眉头。很明显，他们不喜欢争吵。

　　而他们的小女儿似乎觉得整个场面很热闹。她一边咯咯地笑一边鼓掌，把吸管杯都打翻了。

　　小女儿有一头鬈发，这对一个小到还不会说话的女孩来说实在太神奇了。

　　她让马克斯想起了多萝西。

　　多萝西，那个被马克斯发现藏于手提箱内的照片上的女孩。那个手提箱和马克斯的手提箱像是配套的，那个破手提箱，马克斯从小到大一直带在身边，在牛津大学外为了逃开冯·欣克尔教授和其手下的追捕而展开汽车追逐战时，被她弄丢了。

马克斯想知道更多关于多萝西的事情。

她想回到普林斯顿，想回塔迪斯之家。

她想和麦克纳博士谈谈。

那是什么让她没回去呢？CMI 肯定不会想念她，马克斯能听到他们在唠叨着她引起了多少麻烦，就好像她人没有坐在他们旁边一样。

没有她，他们会更顺利吧。没有她，他们可以为这个世界做更多好事。如果她自己开车回普林斯顿，他们不会觉得有什么的。

她只需要一个司机。

第十六章　伤心离开

凌晨两点左右，马克斯偷偷从汽车旅馆的床上爬了起来，CMI在那儿订了好多房间。

她匆匆穿上牛仔裤、皱巴巴的普林斯顿运动衫和长风衣。

"再见了，西沃恩。"她小声对打着鼾的室友说，"没有我拖累你们，你们就可以做些了不起的事情。"

她踮着脚尖走到门口，拧开门把手，尽量不发出声音，然后进了走廊。

远处传来一阵冰块翻滚的轰隆声。

西沃恩依旧在打鼾，大厅对面在搅冰都没有吵醒她。

马克斯从侧门出了旅馆。她不能冒险从大厅穿过去，那里有夜班员工当值。

她急忙跑向面包车。

马克斯知道里奥还坐在前座上，因为团队从农场回来时发现旅馆实在太挤了，伊莎贝尔说"实在腾不出地方给里奥"。

回来的路上没人跟马克斯说话。他们也没必要说什么。她知道他们在想什么。马克斯·爱因斯坦不仅是个负担，甚至是个威胁。虽然冯·欣克尔和卡普兰女士出局了，但"公司"肯定会继续他们的常规操作——雇新人来抓马克斯。

但等他们来的时候，她就不在了。

马克斯把手伸到里奥的背上，按下电源按钮。

仿真机器人呼呼运转起来，咔嗒咔嗒地抬起他的塑料眼皮，关节也注进了液压油。

"你好，欢迎使用。"

"嘿，里奥。是我，马克斯。"

"是的，我的面部识别软件也已证明。"

"规划一条到新泽西州普林斯顿战斗路 244 号的路线。"

"你有任何授权提此要求吗？"

"有人取消我的权限了吗？克劳斯？哈娜？还是卡普兰女士？对了，我们可以忽略她的要求，因为她是个间谍。里奥，直接规划路线吧。"

"马克斯，能再次接收你的指令太好了，这让我想起我们在伦敦的时候。路线已规划。"

"做得好。"马克斯说着，关上了驾驶座的车门，接着绕过车头，猛地拉开另一边的车门，跳上了副驾驶座。"我们出发吧。"

"你想去哪儿？"

"战斗路244号，所以我才叫你规划路线。"

"明白！"里奥说着，咯咯笑了起来。

可马克斯感到了一丝内疚。她一定要撒谎玩真人版的《侠盗猎车手》吗？她告诉自己，她就偷借这么一会儿。一到普林斯顿，她就把里奥送回去。里奥可以自己开车。他甚至有可能在大家吃完早餐，前往卡利家农场去实施一些可持续农业技术之前就赶回西弗吉尼亚州。

"里奥，我要离开CMI了。"马克斯说着，然后撒了个谎，这或许是她人生中第一次说谎，"本同意你送我去普林斯顿，我想那里是我的家。"

"有趣。"里奥说。

接着，面包车的引擎颤抖着启动了。

"我先用电动模式离开酒店停车场，"里奥说，"这样不会发出声音，就不会吵醒其他人。"

马克斯想，是的，我们当然不想吵醒他人。

接着她又想，里奥知不知道，我算是在偷他和面包车呢？他的人工智能有这么厉害吗？

或许吧。

毕竟，克劳斯一直在摆弄他，而克劳斯是个天才。CMI 团队的所有孩子都是。确实，他们都成了马克斯的朋友，第一批真正的朋友，但没有她，他们也能过得好。

好上加好。

马克斯一直这样说服自己，希望有一天她能真的相信这一点。

在四小时的旅程中，马克斯大部分时间都在睡觉。

一向健谈的里奥也默默不说话。他的传感器或许也检测到马克斯已经身心俱疲了。她这几天过得很艰难，先是被降职，后来用眼神逼停一辆冲过来的越野车，再用计策帮伊莎贝尔击倒冯·欣克尔教授又不使其丧命，看着警察把卡普兰女士和冯·欣克尔教授带走拘留，最后却听到所有人都说没她在会更好。

在距离普林斯顿大约二十英里的地方，里奥开始自言自语，一下就吵醒了马克斯。

里奥突然说："家的吸引力很强，即使对我这样一个没有知觉、理论上也没有思想的机器人来说也是如此。出生地总会深深地刻在我们的记忆中，不管是刻在我的硅片上还是你的脑细胞里。克劳斯曾想抹去我体内所有'公司'存储下来的程序，但是……"

"但是什么？"马克斯打着哈欠问。里奥说起话来太像人类了，像是希望有人听听他的故事。

"是这样的，马克斯，我也有深刻的记忆，或者说核心记忆。这些记忆无法抹去。比如，有句歌词钻进了我的前额，一直唱个不停：'西弗吉尼亚，天堂一样的地方。那儿有蓝脊山，还有谢南多亚河。'马克斯，西弗吉尼亚州是我的家，'公司'就是在那儿把我造了出来。"

"西弗吉尼亚大学有机器人研究所吗？"

"是的，但那儿不是我的出生地。我是在'公司'总部制造的，在西弗吉尼亚州的一个深山洞里。"

"你确定吗？"

里奥点点头，说道："是的，这些记忆一片一片地拼了回来，我找回了我的来源。西弗吉尼亚州是我的家，同样也是'公司'的老巢。"

"所以这就是为什么卡普兰女士要我们把项目基地设在小镇外，这样'公司'的暴徒就不用跑远了。"

"她想得真周密。"里奥说。

"是的，太周密了。"

十五分钟后，面包车在电动模式下沿着战斗路驶去。当时刚过早上六点，太阳渐渐把东方的天空染成了粉蓝色。

"我进去了。"马克斯对里奥说。

"好的。"

"你开车回西弗吉尼亚州的旅馆吧，哈娜和团队今天需要你。"

"我想你说得对，那祝你好运，马克斯，祝愿你也能找回你的来源。"

"谢谢你，里奥，认识你真开心。"

"马克斯，我相信你说的，虽然克劳斯还没有给我编程让我体会开心的感觉。"

机器人咯咯地笑着，马克斯下了车。前面的草坪上贴了一块新的标志牌，上面写着"战斗路拆迁项目"。塔迪斯之家将于两天后拆除，再也不能从这里进行时间旅行去未来了。

马克斯记起来了后门上电子安全锁的密码组合。

门咯吱咯吱地打开了，她走进了空房子里。屋里的灰尘比她回忆里的还要多。外面太阳或许正在升起，但是里面的窗户仍然被木板封着，一关上门，屋里所有的光都没了。她打开一个小手电筒，是西弗吉尼亚登山队的纪念品，她昨天在酒店的纪念品店买的。她在房间里挥舞着手电筒，蓝色的光束照来照去，那个破手提箱还靠在墙上。

还有阿尔伯特·爱因斯坦，也靠在墙上。

马克斯难以置信地揉了揉眼睛。

揉眼睛的时候，手里的小手电筒就掉了。

但没关系，她依然可以看到爱因斯坦教授，就像他周围闪耀着一圈光环一样。他穿的跟马克斯一直以来想象的一样，宽松的卡其色裤子和老派的毛衣，正漫不经心地把烟草装进烟斗口里。

"如果我能回到过去，"他说着，一边端起他还没点燃的烟斗，"改变脏兮兮的习惯，就是我唯一想做的。马克斯，别染上这个习惯，不惜一切代价。"

马克斯无法判断这一切是她的想象，就像她在脑海中想象阿尔伯特·爱因斯坦一样，还是爱因斯坦真的通过某种方法从过去穿越到了她所在的未来，而她就在和真正的爱因斯坦对话。

"当然，"爱因斯坦又说，"回到过去几乎是不可能的。确实，广义相对论为回到过去提供了一些方案，但都很难实现。你得在真空状态下以光速前进。"

"这不可能，至少现在还不行。"

"是的。而且，我的方程式表明，一个达到如此运动速度的物体将同时拥有无穷大的质量和零长度。"

"我不想拥有。"马克斯说。

"现在，时空结构网的点与点之间是可能存在虫洞的。但这些隧道非常狭窄，只有非常微小的粒子才能通过，我们是无法通过的，而且这些通道很快就会坍塌。如果它们真的存在，却未曾被科学家真正发现过，至少现在还没有，或许你能发现，或许这些虫洞就是你的未来。"

"所以说我不能回到 1921 年去见我爸妈了？"

　　"恐怕不行，除非你能找到那个隧道。目前还没有任何可行的方法能让你回到那个时候。而且我敢肯定，世上有很多人会庆幸你回不去。"

　　"为什么？"

　　"马克斯，如果你能回到过去，你也许会提醒你的父母关于时光机的事情。"

　　"他们不会听我的啊。我当时只是个婴儿，我甚至都说不了话。"

　　"但是，如果你回去了，就算见到父母时他们只会当你是个小婴儿，可回去的还是今天的你。现在的你就会存在于那个时空结构中。"

　　马克斯扮了个鬼脸说："我一出现，就会吓坏大家吧。"

　　爱因斯坦点头说："另外，如果你关掉时间机器不去未来，你就再也无法去做你这辈子已经完成的那些了不起的事情了。如果你回去说服你的父母关停他们的项目，那我们就不会站在这里了。到时候现在的你也将不复存在，因为你无法再穿梭时间。"

　　马克斯盯着爱因斯坦。

　　他把手举到头上，在卷曲的白发上用手指模仿爆炸的慢动作。"脑子要炸了吧？"

"是的。"

"马克斯，你的父母很聪明，他们都着眼于未来，因为他们知道那是他们唯一的女儿要生活的地方。"

"所以他们造了一台时光机，而且还真的能用，这不就把我送来了吗？"

"不过送的位置往左偏了一点。"爱因斯坦开玩笑说，"我想这就是为什么你最后出现在了隔壁房子的地下室里，似乎是受到了时间膨胀和空间膨胀的影响。两个时间褶皱里的相同空间无法完全对齐，都是相对的。"

爱因斯坦把烟斗塞进了毛衣口袋里。

"我得走了，马克斯。你父母买了一个漂亮的橘子蛋糕和新鲜草莓，是我最喜欢的甜点，我不能再让他们在厨房里等下去了。"

"等等，"马克斯结结巴巴地说，"如果我不能回到过去，你怎么可以呢？你怎么可以因为蛋糕和草莓就能回到 1921 年的厨房呢？"

爱因斯坦咧嘴一笑，挥手告别。

他的身影就像电影末尾的画面一样，越来越淡，最后完全消失。

马克斯告诉自己，这都是幻觉，从西弗吉尼亚州过来的车程太久了，她还在半睡半醒之间，还在做梦。

她身后的门吱一声开了。

阳光照进了房间。

"你好啊，多萝西。"一个温柔的声音从背后传来。

是香农·麦克纳博士。

第十七章　解开身世之谜

"你看见他了吗？"马克斯兴奋地问。

"看见谁？"麦克纳博士反问。

"阿尔伯特·爱因斯坦啊！他刚刚就在这里，靠着那堵墙，挨着那个箱子。"

她似乎并没有被马克斯的胡言乱语吓到。"啊，是的，那儿有个手提箱。"

"那是幻觉吗？或者我在完全清醒的状态下能做梦吗？"

麦克纳博士咧嘴笑了，说："这种梦最好，不是吗？你完全清醒时做的梦。马克斯，这就是想象力。你要允许自己睁着眼睛做梦，去创造现在没有的东西。你要记住，这个世界上所有东西，包括这扇窗，这扇

215

门，甚至这些地板，都得有人先想到后才能被创造出来。"

"想象力比知识更重要。"马克斯含糊地背她最喜欢的爱因斯坦名言。

"确实如此。"

"那么，你为什么叫我多萝西呢？"马克斯问，"你一进来就说'你好，多萝茜'，为什么这么叫我？"

"马克斯，这是因为，"麦克纳博士回答说，"我认为你的真实身份就是年轻的教授苏珊和蒂莫西的小女儿。偶然之下，他们在 1921 年的实验中把小女儿送到了未来，而且做实验的时候，阿尔伯特·爱因斯坦正在参观普林斯顿大学。"

她走向手提箱。

"几十年来，我一直在调查发生在这所房子里的事。你来这里几次了，发现过其他家具，或者任何来自过去的物件吗？"

马克斯摇了摇头，说："没有，只有手提箱，还有那张塞在里面的照片。那张照片现在在我这里。"

麦克纳博士点点头，说："正如我所想的一样，如果你要回 1921 年，那回去的地方肯定是你家。不然你以为我们为什么要在一所废弃的房子里只留下一个锁着的手提箱呢？因为这箱子扮演着哨兵的角色，一直守着，看着，等待未来某个时刻多萝西的出现。因为唯一会来找这件古董手提箱的只会是那个在 1921 年离开这所房子且带着另一个手提箱的人。"

"这么说我第一次来的时候你就知道了？"

"是的。"她指了指一个就藏在墙壁与天花板之间的石膏模型一角的烟雾缭绕的圆顶里的微型监控摄像头，"我很高兴你赶在推土机之前来了。我一直坚称这所房子能证明时间旅行的可能性，但市里和大学对我的坚持越来越不耐烦了。"

"你能多给我说说关于我父母的事吗？"马克斯几乎无法控制自己的情绪。终于，她能得到她一生都在追寻的问题的答案了。

"他们是真正的天才，是能将理论付诸实践的工程师。我的博士论文本来想写他们，以及他们传言中的成就。但委员会让我别写这个主题。在你出现之前，关于他们的成就，除了大量的各种各样的传言，我一直没有充分的证据。"她把手伸进大衣里，又说，"不过我确实有一张他们的照片。上面还有你，多萝西。"

她向马克斯展示了一张褪色的肖像照，上面是一对二十世纪二十年代热情洋溢的夫妻，正兴高采烈地和襁褓中的女儿合影。

"我会再洗一张给你。"麦克纳博士说。

"谢谢。"

砰砰砰！

突然，有什么东西在侧边窗户的胶合板上敲了三下。敲得很重！把马克斯和教授吓了一跳。

"什么东西！"麦克纳博士说。

"可能是'公司'的人。"马克斯说。

"什么？"

敲击声又来了。先重重地敲三下，然后停一下，接着又敲三下。

"还有其他人在找我。"马克斯告诉教授，"是坏人，你先待在这里。"

"不行，我和你一起去。"

马克斯摇了摇头，说："我不希望'公司'因为我而伤害其他人，他们太不择手段了，你留下。"

麦克纳博士点点头，说："那你要小心啊。"

马克斯找到手电筒，蹑手蹑脚地走出客厅，穿过

妈妈，爸爸和多萝西的照片

我想我刚发现了穿越回过去的办法：看一张老照片。这俩人真是我父母吗？这个小孩真的是我？

厨房，来到以前可能是餐厅的地方。

"马克斯？"窗外传来一个紧张的声音，"请问你能把窗户打开吗？"

原来是里奥。

"我想我说过让你开车回西弗吉尼亚州！"马克斯低声说，语气十分严厉。

"我不能那样做，马克斯。"

"对不起，里奥。我得留在这里，留在普林斯顿。"

"你不能留在这里，"窗户另一边的机器人小声说，"普林斯顿不安全。"

"不，这里是安全的。"

"不，马克斯，不是的。这里对你对我都不安全。"

"为什么不安全？"

"因为齐姆博士就在隔壁。"

齐姆博士站在战斗路 246 号房子前面的草坪上。

两个穿着紧绷的黑色西装和防弹背心的大块头站在他身后。三个人都戴着墨镜，好挡住早上穿过树叶直射下来的太阳光。

"我在这里住过，"齐姆博士大声说，"普林斯顿可是个做高级研究的好地方。在这里做研究再容易不过了，你只要把其他教授辛苦研究出来的结果偷过来就行了。"

他身后的两个大块头，爱德华和威廉，都笑了起来。

"这所房子过去就是我们的总部。在这里，我们让'公司'发了财，他们永远不会忘记我们的功劳。也是在这里，我第一次见到了小马克斯·爱因斯坦。当时她还是个小婴儿，在地上爬来爬去，围着一个古董手提箱转啊转。"他摇摇头，回味着十二年前那个不同寻常的早上。

"你怀疑爱因斯坦小姐回到了你第一次见她的地方？"

"爱德华，我不是怀疑，我确信她就在这里。你瞧，冯·欣克尔教授以为'公司'把我送到了格陵兰岛北部的一个再教育机构。但事实上，他们把我送回了波士顿的家里，好让我监视冯·欣克尔。让他接手追捕马克斯·爱因斯坦是'公司'对他的定位和评估方法，也就是他的试用期考核。"

"他的表现如何？"爱德华戏谑地问，其实他已经知道了问题的答案。

"结果并不好，爱德华。冯·欣克尔教授目前正在西弗吉尼亚州一所相当糟糕的监狱里等待审判。'公司'的律师应该会做安排，先让法庭释放他，然后让他消失。他让我们付出的代价实在惨重，他的失败暴露了我们在 CMI 藏得最深的线人。我们花了很多年才让塔里·卡普兰女士在 CMI 做卧底，可一夕之间，他的愚蠢一下子就把她暴露了出来。"

"那么，他们要把冯·欣克尔运到格陵兰岛吗?"另一个保镖得意地低声问道。

"差不多，威廉。但首先，我想对他进行离职面谈。到时候我会用上真话剂，让人忍不住流口水的那种。"齐姆博士做了个鬼脸。

"那么，你怎么知道马克斯·爱因斯坦会来这所房子附近打探?"爱德华问。

"我们偷偷在冯·欣克尔的无人机上安装了追踪器。在爱因斯坦小姐用计策把这些无人机全部干掉之前，它们飞到了这个位置。"

"她是个聪明的小孩。"威廉说。

"她是个天才。"齐姆博士说着，用戴着手套的手抚摸他的光滑脑袋。"幸运的是，我比她更聪明。她一

222

直想找回自己的过去，弄清楚她是谁、从哪里来。所以毫无疑问，她会回到这所房子。瞧瞧，我可是做了大量的心理分析。"

"打扰一下？"一个穿着浴袍的男人从门廊里走了出来。他看到那三个一身黑又戴着墨镜的人站在他家修剪整齐的草坪上，问，"请问有什么需要我帮忙的吗？"

"那再好不过了。"齐姆博士一边说，一边挤出一个他自以为好看的笑容。有时他会忘记自己的一口牙有多尖。"我们在找我的女儿，她十二岁左右，有一头红色鬈发，或许穿着宽松风衣？"

那人没有回答他。

"她叫马克斯。"

穿浴袍的男人还是什么也没说。

"先生，请问，"齐姆博士非常诚恳地说，"你有孩子吗？"

那人点了点头说："两个，一个男孩和一个女孩。"

"或许，他们也是十几岁？"

"或许吧。"那人变得十分疑惑。他把右手慢慢地伸进袍子后面的深口袋。齐姆猜他是个教授，一个书呆子。因此，他要拿的不会是武器，最有可能是电话，他要报警了。

"那好吧，"齐姆博士说，尽量让声音听起来和蔼可亲，"你知道他们在这个年纪会有多喜怒无常。我女儿十二岁，已经离家出走好几天了。我们觉得她可能是到普林斯顿来找这所房子了。"

"为什么?"

"因为我们以前就住在这里。当时她还是个小婴儿，是十二年前的事了。"

"十二年前吗?"那人说。

"是的。"齐姆博士又努力笑了笑。

"就是那个时候，'公司'的间谍就在这所房子里活动，"那人生气地说，"是你们这些人剽窃了我的想法。"

"我向你保证，先生，无论是我还是我女儿都没有。"

那人没有听，直接报警了。

"先生们?"齐姆博士对他的两个助手说，"我们得走了。"

"我们要先干掉那个穿浴袍泄密的人吗?"威廉

224

问道。

齐姆博士叹了口气，说："是的，我想我们要先干掉他。"

"救命！"那人对手机疯狂大喊。

但为时已晚。

马克斯快速回到客厅。

"麦克纳博士？我得走了，现在就走。"

"窗外的是谁？是你说的'公司'的人吗？"

马克斯摇了摇头，说："不是，他曾经为'公司'工作，但现在是我们的人，是 CMI 的一员了。"

麦克纳博士看起来很疑惑，但马克斯真的没有时间去解释里奥是个人形机器人，以前叫莱纳德，她没有时间做任何事了。

"隔壁有一个超级大坏蛋，叫齐姆博士。"

麦克纳博士点点头道："这个名字我在研究过程中经常听见。他是十多年前驻扎在战斗路 246 号的间谍组织中的一员，是非常卑鄙的一个人。"

"是的，"马克斯说，"这么多年过去，他并没有从良。他到这里是来抓我的。"

"那他为什么在隔壁？"

"因为时空膨胀。"

"你说什么?"

"当年我父母用他们的时间机器把我送到未来,我想那台机器应该是装在地下室的吧?"

"没错,"麦克纳博士说,"你怎么知道?"

"因为我看到了烧焦的地板。总之,当他们打开开关让我进入快进状态时,由于时空结构的一些褶皱,我最后出现在了隔壁房子的地下室里。"

"所以,这个齐姆博士可以进一步确认我的时间旅行假说。因为他是你穿越时空的证人!"

"是的,"马克斯说,"他也许会帮你。但也许,他可能先把你送到一个偏远的再教育机构,在超级冷的地方。想听听我总结出来的建议吗?麦克纳博士,离他远点,我得跑了。"

"但他在找你。"

"他在隔壁,不在这里。"

"可是你和你外面的朋友要怎么逃出去呢?"

"问得好,我希望你能帮我们用某种方法转移他们的注意力。"

"我可以报警。"

这时，有人在敲打用木板封住的前窗。

"马克斯？"里奥透过胶合板与壁板相接处的缝隙低声说，"齐姆博士在隔壁的房子抽不开身，和那家屋主的交谈十分恐怖。我们现在有一线生机！如果我们立即撤退，预计平安无事成功逃跑的概率为百分之六十五。"

"你的朋友听起来有点奇怪。"麦克纳博士说。

"是的，"马克斯接话道，"他是一个机器人。"

"一个什么？"

"谢谢你的照片，我要走了。"

"你还会回来吗？我想见见这个机器人，还想再采访你一下。"

马克斯摇了摇头，说："不了，谢谢。我想我沉湎于过去的时间已经够多了，是时候看向未来了，很高兴认识你。"

马克斯猛地打开咯吱咯吱的窗户，用肩膀去顶胶合板，弄得钉子吱吱作响。

"抱歉了。"她对麦克纳博士说道，然后扭头狠狠端向翘起来的木板。终于开了一个足够大的口子能让她爬过去。

里奥站在曾经是小花园的地方，现在这里杂草丛生，他张开双臂。

"跳吧！"他说，"我会接住你的。"

"谢谢，但是不用接。"

马克斯从窗户翻了出去，摔在了地上，还发出了很大的声响。

"快！"里奥喊道。他的声音可能有点大了。

因为隔壁的前廊上，齐姆博士和他的两个全身黑色西装的大块头不再试图努力踢开战斗路246号的前门了。

他们转而关注前面244号的声响。

"你好啊，莱纳德，"齐姆博士一边喊一边笑得令人毛骨悚然，"还有你，马克斯。我很高兴我们又能温馨重逢了。"

他转向两个手下。

"抓住他们！"

第十八章　甩掉齐姆博士

里奥弹开了他身上的一块嵌板。

六枚咝咝作响的瓶装火箭弹从他的胸口射出。

小火箭弹在齐姆博士和他的两个手下的头上爆开，他们跌倒在地。

"现在我推断，我们比追捕者快了二十二秒。"里奥说着，冲向停在路边的面包车。

马克斯跟在他后面跑。

"谁给你的武器系统？"她喊道。

"克劳斯。"里奥一边说一边猛地打开车子驾驶座车门，"但它不是武器系统，而是为7月4日准备的惊喜。"

马克斯跳上座位，砰地关上车门，大喊："开车!"

她听见警笛声从远方传来，说明有人报了警。也许是麦克纳博士，也可能是住在隔壁的人，或许他们对"公司"杀手一大早踢他们的门感到不满。

"目的地是？"里奥边问边沿着街道狂冲。

马克斯看了看后视镜。齐姆博士和他的两个手下手脚并用地爬了起来，上了车——一辆锃亮的黑色轿车，窗户也是黑的。

"西弗吉尼亚州，"马克斯说，"终于到了这一刻。现在，启动伊莎贝尔驾驶协议。"

"你确定吗，马克斯？"

"是的，启动吧！"

里奥塑料脑袋里的硬盘开始发出摩擦声，那是它正在访问防御性驾驶数据库，克劳斯将其加载到了它的备用系统中，以防里奥哪天需要像伊莎贝尔一样开车。

"'公司'的车距我们有三百码①远。"里奥报告道，此时他们已经高速经过了许多弯道，又来到了下一个弯道，车子呼啸而过，轮胎快要烧起来了。"当地警方

---

① 码：英美制中的长度单位，1 码合 0.9144 米。

已被召集到战斗路 246 号，现在正在追捕'公司'的车。需要我采取规避措施吗？"

"不，我们要帮助警察，降低齐姆博士的车速，这样他们就可以使用 PIT① 策略了。"

"对不起，"里奥说，"我还没有获取关于 PIT 策略的信息。我可以告诉你有关皮特大学的情况，或者桃核……"

"PIT 代表追捕干预技术，"马克斯一边说一边往面包车后座爬，"他们将利用基本的物理知识来逼停齐姆博士的车。首先，他们会用自己的前轮以一个锐角的角度去碰击对方的后轮，这样'公司'的车就会向一侧打滑。我们再用基础化学帮他们一把。"

"精彩至极。"里奥说。

"我们停在休息区的时候，你和伊莎贝尔装柴油了吗？"

"是的，查尔提醒我们农场发电机需要用到柴油。油罐就放在后排长椅后面。"

"完美，"马克斯说，"这说明它离排气管也很近！"

---

① PIT：Pursuit Intervention Technique（追捕干预技术）的简称。

马克斯爬过一排排座位，来到了面包车车尾。她可以看到"公司"的车在向他们逼近，还能看到远处打旋的车顶，是警车在追赶。

马克斯把喷嘴拧到柴油罐上，然后打开后排通风窗户，将喷嘴塞进最靠近面包车排气管的角落缝隙里。里奥把速度快速拉高，使得汽车内燃系统的每个部件都迅速升温——也包括排气管。

"减速，里奥！"

"正在减速，马克斯。"

面包车慢了下来。

马克斯将油罐倾斜，开始倒柴油。柴油溅得到处都是，也流到了高温的排气管上。刹那间，一团白烟从面包车后滚滚而出，形成厚厚的烟幕，迫使齐姆博士的车减速。

接着，警察把"公司"的车撞得旋转了起来，就像陀螺一样，最后停了下来。

马克斯和里奥的车飞速开出普林斯顿，向高速公路驶去，车速一直保持在比当下路段的最高限速慢上一点的状态。

因为他们不想让其他警车也对他们使用 PIT 策略。

　　齐姆博士和威廉从车子后座爬出来后，博士说："谢天谢地，你们做得太好了，警官们！"

　　爱德华被卡在方向盘后面，打开了的安全气囊让他动弹不了。

　　"他开车简直像个疯子！"齐姆博士继续说，"是我遇到过的最糟糕的优步（叫车软件）司机。"

　　"警官们，谢谢你们救了我们。"威廉补充道。尽管他块头如此大，看起来并不需要任何帮助。

　　"你们两个不认识开车的人吗？"其中一个警察问道。

　　"警官，我们不认识他。"齐姆博士说，"但我知道，他在这个叫车软件上评的四星绝对是夸大其词。"

　　"如果你不认识他，"警察对威廉说，"你们俩怎么穿得一模一样，黑西装、白衬衫，还都打着黑色窄领带？"

　　"赶巧了吧？"齐姆博士替威廉答道，"现在，你能让我们走了吗？"

　　一辆黑色越野车吭哧吭哧地慢慢开了过来。

　　齐姆博士朝它做了个手势。"我们还有个紧急会议，快迟到了。我们已经重新叫了一辆车。谢天谢地，还好这次打到的是来福车（另一款叫车软件），不是优步了。警官，再次感谢你们。"

他们以最快速度冲上"公司"新派来的车。警方也似乎相信了卡在逃逸车方向盘后面的爱德华就是个无赖的优步司机。

"开车！"齐姆博士和威廉一坐到后座上就叫道，"开快点，但别做任何鲁莽的事情，不要引起警察注意。"

司机照做了。当越野车驶过那辆凹陷了的轿车时，齐姆博士向警察客气地挥了挥手，而警察们正在给安全气囊放气，把晕过去的爱德华从驾驶座上救出来。

"你这算是把爱德华交到警察手里了，博士。"车子开走后，威廉说道。

"不然呢？"齐姆博士说，"弃卒保帅，这是'公司'的标准程序。你有任何意见吗，威廉？"

"完全没有，"威廉说，"我当时怎么就想不出来那个优步的点子呢。这招太厉害了，齐姆博士你简直太聪明了。"

"先生？"新来的司机摸着耳机说。

"什么事？"齐姆博士说。

“是总部打来的电话，说是要紧事。”

“开免提。”

“收到，先生。”司机点了一下仪表盘控制台上的一块屏幕。

齐姆博士身体向前倾，说道：“我是齐姆博士，请问有何事？”

“这里是山洞指挥控制中心。”一个女声传来，说话言简意赅。

山洞就是那些为“公司”工作的人在山里的藏身之处的代称。

“继续说。”齐姆博士说。

“请前往沙诺夫普林斯顿直升机机场。一架直升机正等着把你和你的团队接回山洞。”

“但是我马上就要抓到马克斯了，他们就先跑了五分钟。根据我对她的了解，我确信她正在回西弗吉尼亚州的路上，要与 CMI 团队会合。因为这个女孩有内疚感，我称之为善良的错觉。她的守卫者查尔和伊莎贝尔现在都没和她在一起，只剩个莱纳德，那个机器人。在你的协助下，追踪卫星信号可以覆盖所有通往……”

"没有这个必要了，齐姆博士，"集团总部的女人说，"我们在 CMI 中有了个新线人。我们不需要明着追她了，新的线人会把她交给我们。"

"这样吗？"齐姆博士伸出一只手摸了摸他的光脑袋，若有所思，"那，新线人究竟是怎么来的？"

"跟以前一样，"女人说，声音里带着一丝笑意，"主动给我们打电话了。"

马克斯和里奥开车回西弗吉尼亚州的路程十分漫长，却不见那辆锃亮的轿车或是大号越野车追赶他们，因此感到非常惊讶。

"里奥，我们头顶上有无人机吗？"马克斯问。

"我的初级雷达未探测到。"

"嗯，"马克斯说，"也许齐姆博士放弃了。"

里奥侧过头看了看她（作为一个机器人司机，他无须一直盯着路面，因为他的处理器与车子的外部传感器和卫星导航系统都连接着）。

"齐姆博士没有放弃。"里奥平静地说着，然后，咯咯地笑了一下。

"你什么意思？"马克斯问。

"他的本性中没有投降这一项。请注意，就算被冯·欣克尔教授取代了，他依然，如你所说，还在局中。"

"确实如此。那么，他为什么让我们离开普林斯顿呢？为什么'公司'不用间谍卫星和无人侦察机来追踪我们呢？你看，我们正开在州际公路上……"

"我的内部导航系统告诉我这条路线虽要收费，但花费时间最短。"

"我不是这个意思。为什么齐姆博士从不放弃，现在却放我们走了呢？"

"因为，"里奥说，"我有百分之九十的把握，我们正在做的事情正是他所期待的，也就是返回小镇外的汽车旅馆。齐姆博士想要我们回到西弗吉尼亚州。"

"你的老家。"马克斯喃喃地说。

"正是，也是'公司'的总部。"

马克斯十分纠结。她既想 CMI 团队立即撤出西弗吉尼亚州，又想继续完成拯救饥饿计划。毕竟，如果由于太害怕大坏蛋"公司"而不去改变世界的话，自称"变革者协会"有什么意义呢？

"里奥，你能联系上查尔和伊莎贝尔吗？"

"可以通过克劳斯联系，他给我设置了'快速拨号'。"

"好的，让克劳斯提醒查尔和伊莎贝尔加强对团队的安全保护。很明显，'公司'知道我们在哪里，知道我们在做什么。为应对像上次那样发生在卡利农场的袭击事件，我们要做好充分准备。"

"嗯，我同意。"里奥说，"我想建议查尔和伊莎贝尔调来更多安保队员，因为'公司'在那儿的势力十分强大。"

"而我们处于弱势。"马克斯说道，她的脑子像她下国际象棋时一样快速转动。她需要规划出她可能走的所有招式以及对手可能采用的所有反制招式。最厉害的国际象棋大师能提前预判十五步棋，甚至二十步。

而马克斯可以算出二十五步。

"告诉克劳斯，我需要和他通过短信沟通一下。安排个合适的时间。"

马克斯，这个花了太多时间纠结自己的过去的女孩，现在想让克劳斯稍微改动一下里奥的记忆板，研究一下这个机器人的过去，恢复他作为"邪恶莱纳德，'公司'走狗"为其团队效力时的力量。同时，克劳斯也需要和查尔商量一下。

"好的，"里奥回答，"我已向克劳斯发送短信。或许我可以询问你们私下交流的主题是什么吗?"

"当然可以。我们要谈的就是你，里奥。"

"那我会受宠若惊的——如果我能感受到这种情感的话。"

"是的，你的确该有这样的感觉。我有预感你会帮我们彻底摆脱'公司'。"

"马克斯，那将是我莫大的荣幸。"机器人男孩说道。他的声音十分雄壮，好似一个大英雄。

但接着他又傻笑起来，完全破坏了气氛。

查尔、马克斯、伊莎贝尔和里奥四人一起沿着走廊向前走，查尔告诉马克斯："我们收到了你的短信。克劳斯可能要用到的东西我们都准备好了。"

"太好了，"马克斯说，"谢谢。"

查尔和伊莎贝尔肩上都挂满了半自动武器。

"哈娜说我们要回去了。"伊莎贝尔说。

"我想这也是个选择。"马克斯说。

马克斯和里奥顺利地回到了 CMI 团队所住的汽车旅馆。现在，他们大步走进汽车旅馆的一间小会议室，所有成员都围着一张长木桌坐着。

哈娜坐在桌头的一把软垫办公椅上，说："卡利一家不想再和我们有任何瓜葛了。"她听起来对马克斯略感不满，"先是出现了'公司'的人，然后是伊莎贝尔的狙击枪还有警察，这些都太夸张了。"

"对不起，哈娜，"马克斯说，"这是你作为队长的第一个项目，我并非存心捣乱。"

"可是，你做都做了，不是吗？"

"嘿，"马克斯说，她已经厌倦了内疚和心怀戒备，"我也不想齐姆博士和'公司'一直追着我不放，但你猜怎么着？他们就非得这样做。你听到的消息都是真的，齐姆博士又回来抓我了。我和里奥在普林斯顿碰上了他。"

"这样啊，"克劳斯说，"那我很高兴你安全回来了。"

"谢谢你。"马克斯说。

"我说的是里奥，不是你。"克劳斯说，"开玩笑的啦。我很高兴你们现在都在这里。来吧，里奥，让我打开你的盖子看看里面的情况。在我们把你装箱运回鬼知道在哪里的地方之前，我得确保你能百分之百地运行机能。"

克劳斯向马克斯使了个眼色，其他人都没看到。在开车经过马里兰州前往西弗吉尼亚州的路上，马克斯和克劳斯（经由里奥）通过短信进行了秘密谈话，为"过去的莱纳德"也就是"现在的里奥"策划出了改进方案。查尔和伊莎贝尔也参与了这次短信对话。

马克斯看了看围坐在桌旁的朋友们，说："'公司'确实想阻止我们，但这并不意味着我们就得放弃为这个世界做些好事。"

"你疯了吗？"基托说，怒火直指马克斯，"你还不如在你背上画个靶子。而且你画都画了，在我们所有人的背上也都画上靶子呗。"

西沃恩说："冷静，兄弟。"

"严肃点，基托。"蒂莎补充道。

"我很严肃，"基托说，"只要马克斯在我们团队里，我们就会一直处于危险之中。"

"也许吧，"马克斯说，"但你知道还有谁一直处于危险之中吗？就是阿尔伯特·爱因斯坦。德国人一直在抓他，还有美国的反共分子也是。但你知道他说了什么吗？'对一个正直而善良的人来说，最令人满足的事情莫过于知道自己已将最好的精力献给了伟大的事业。'"

"说得好。"西沃恩说。

"我同意。"蒂莎说。

安妮卡是唯一一个没说什么话的人。她一直皱着眉，对着笔记本电脑的屏幕敲键盘。托马坐在她旁边，面前放着一张数据表。

"可是，"基托说，"我不是阿尔伯特·爱因斯坦。而马克斯你，也不是。"

"够了，"哈娜说，"我们要走了。作为队长，我决定，本次任务正式取消。安妮卡？托马？计划安排得如何？"

"我们正在为大家安排飞机，"托马说，"让所有人都回到各自的国家，这简直是噩梦。"

"但是，"安妮卡说，"我们已经制订了一个计划，可以有效协调所有可协调的部分，CMI所有成员的地面交通和航班时间，设备的运输细节，当然，还要送里奥回耶路撒冷。"

"就是这个！"马克斯说。

"就是哪个？"基托冷笑道。

"解决世界饥饿问题的办法！"

第十九章　马克斯的想法

马克斯开始沿着会议室一侧来回踱步，那里有一块白板装在墙上。

她抓起一支马克笔。

"这样，"她说，"大家现在都听我说，听听我的想法。"

其他孩子都盯着她。查尔和伊莎贝尔则面带微笑，他们曾见过马克斯这样沉浸在想法的狂风暴雨之中。

"在开车回来的路上，我们经过了卡利农场。地里的作物都烂掉了。明日此刻，除了变成堆肥，它们不会有其他用处。"

哈娜说："我们建议过他把农产品送到当地的农贸市场。"

"什么时候送？"马克斯反问，"周六？"

哈娜点了点头。

"太迟了。"马克斯在白板上画了一个大大的叉，"到那时就全烂了。我就是一直困在这个问题上。"马克斯敲了敲她的太阳穴，"大道至简，真理会一直自己翻涌，直到显现人前。"

"什么？"蒂莎急切地问，"什么真理？"

"饥饿并不是食物问题，"马克斯边说边将这几个字大大地写满白板，"而是物流问题。世界上的食物是足够的，只是不在需要的地方。这场饥饿危机涉及全球供应链——存储、陆运、包装、海运、道路、追踪——所有一切。"她走到正在做出行安排的安妮卡和托马身边，"当你们发现我们的行程问题时，你们会把问题分解成可操控步骤。这就是物流，就是对涉及大量人员、设施和物资的复杂行动的细节协调。我们需要软件和基础设施来帮助我们把食物运到最需要的地方，而不是让餐馆、杂货店和休息区的零食店把好好的食物白白扔掉！"

"牛！"西沃恩说。

"我能插句话吗？"查尔问道。

"当然可以，"基托说，"你可带着上了膛的武器呢，不是吗？"

"马克斯说的话让我想起了我们在以色列的一个代号叫'莱克特'的项目。"

查尔听起来很紧张，他不习惯在公开场合发言。

"'莱克特'不仅解决了婚礼、成年礼等派对上健康食品过剩的问题，还挽救了地里快要烂掉的庄稼。许多农场都加入了该项目，并定期举办活动，呼吁公众将剩下的蔬菜水果送到最需要的地方。"

马克斯说："我们可以先在西弗吉尼亚州小规模地实践这个想法。如果我们能证明它在这里有效，那么其他人就会采纳这个想法，然后将其推广到全美，甚至全世界！我们需要使用数据，我们要成为决策科学家！"

围着桌子的人纷纷开始点头。

"那么，就是说，我们不回家了？"基托说。

"不回了，"哈娜回应，"马克斯的想法有道理。我喜欢这个说法，决策科学家。我们要从哪里开始？"

大家开始进行头脑风暴。

"卡车！"

众人拾柴火焰高！

就像有目的地
摘苹果一样。

"劳动才是生活的真谛。"
——阿尔伯特·爱因斯坦

"仓库！"

"制冷。"

马克斯让团队畅所欲言，她则在白板上记下了他们所有的想法。

她忍不住笑了，这种期待着光明未来而不是沉湎于黑暗过去的感觉太好了。

第二天，一切事情都在往好的方向发展。

"公司"和齐姆博士没有要来抓马克斯的迹象。查尔和伊莎贝尔在当地警察的帮助下，在汽车旅馆周围建立了严密的安全防线。仍旧是正式队长的哈娜，也真正有了"团队中无自我"的态度。

只有基托还在抱怨"被困在了乡下地方"。

"到下一个任务的时候，我们能在城里做些什么吗？或许，在有咖啡店的地方？"

其他队员都在用手机或电脑忙碌着，确定有剩余食物的农场和餐馆，寻找"分配点"，比如松松散散地分布在教堂外的食物分发处。

西沃恩建议说："我们可以把食物分发处都联系起来，就像超市把产品送到连锁商店一样，把我们的产品送过去。"

248

蒂莎说："我也和面包房和餐馆谈上了。"

"我们需要一个可靠的运输合作伙伴。"一直在调查当地卡车运输公司的哈娜说道。

"UPS（美国联合包裹运输公司）不错，"托马说，"瞧瞧这个。"他调出了在网上发现的一些研究报告。"通过对司机的紧密追踪，UPS发现车子出现怠速时间的一个重要原因就是司机的左转，这实际上是与车流逆向而行。所以，UPS鼓励司机只往右转。自2004年以来，这一个小小的改变已经极大地减少用油量和碳排放！"

"他们会是很棒的合作伙伴。"马克斯说。

"但记住你昨天说的话，马克斯。"哈娜说，"我们需要从小规模做起。在我们把这个概念推往全国或全世界之前，UPS是不会加入我们的。"

"那不是我们能做的，"安妮卡说，"CMI负责不了这么大规模的行动。"

"你说得对，"马克斯说，"我们只是概念的证明者，其他团队会更有能力去扩大规模。"

"所以，"哈娜说，"我找到了一个非常有前途的卡车公司——哈姆布雷希特运输公司，是家致力于为社区做贡献的本地公司。"

"听起来完美!"马克斯说,"我们就跟他们签约吧。"

哈娜说:"他们想先见见我们。因为我告诉了他们里奥如何驾驶车辆,让车子变成自动驾驶汽车,对这家公司来说,就可以是自动驾驶卡车。"

马克斯咧嘴一笑,说:"所以说,他们是想在合作前先看看里奥是怎么做的?想现在就偷窥未来的技术?"

哈娜点了点头,说:"正是。"

"听起来,为了最后的大成功,这个代价不算大。"基托说,"安排会见吧,哈娜。"

"他们也想见见马克斯。"

"真的吗?"马克斯说,"为什么?"

"也许是因为卡利先生已经把农场发生的事告诉周边三个县的人了。"克劳斯提出他的想法,一边大摇大摆地与里奥走进会议室,"接受现实吧,马克斯,你出名了。"

查理和伊莎贝尔也走了进来,但看起来很紧张。

"我们刚刚截获'公司'的几条消息。"伊莎贝尔说。

"我也收到了。"里奥说。

查尔念出简报:"'公司'精心策划了一场袭击,将在十一点开始。他们派了暴徒来抓马克斯和里奥。"

"现在十点了。"哈娜瞧了一眼墙上的钟,说道。

"也许是时候让马克斯和里奥离开了。"基托提议。

"我们可以去和你说的那个卡车公司谈谈,"马克斯说,"我会带上里奥。查尔和伊莎贝尔会封锁这个地方。如果'公司'的暴徒到了,你可以礼貌地告诉他们,抱歉,马克斯和里奥不在这里。"

"到时候你就不用说谎了。"克劳斯说,他向查尔和伊莎贝尔点了点头,对方也跟着点头。

"就这么做吧,马克斯。"查尔说。

"没问题。"马克斯回答。

她转向克劳斯。

"谢谢你为里奥做了检查。"她握了握他的手,"我们今天需要他火力全开,他得用他疯狂的车技折服当地卡车公司的老板。"

"可是我不会驾驶车辆,"里奥说,"我只会规划路线。"

"行,给我们规划到这个地址的路线吧。"哈娜说着，把一张纸放在里奥眼前，让他把信息扫描到记忆之中。

在哈娜这么做的时候，马克斯将克劳斯在握手时塞给她的小机器人别针扣在了自己风衣的翻领上。

接着，她检查了一下自己，确保她已将所有需要的东西都塞进了大衣的深口袋里。她有种感觉，她人生中最重要的棋局开始了。

里奥坐在驾驶座上，再一次把面包车变成自动驾驶模式。

哈娜和马克斯都坐在车后面的第一排上。

"一旦我们安排好卡车运输，饥饿问题就能解决了。"哈娜说道，"我们就可以进行下一个项目。"

"我认为这个问题'解决'不了，"马克斯说，"至少在全球范围内解决不了。但是，通过正确的算法和软件来追踪、检测并保持食物一直在流动之中，这会是个很不错的开始，其他人就可以复制这个模式。"

"随便啦，"哈娜相当不屑地说，"我就是迫不及待地想干下一件大事。"

马克斯点点头，笑了。

因为哈娜说的是"我的下一件事"，而不是"我们

的下一件事"，她已经暴露了自己。

她一直念叨的那些"团队中无自我"之类的话，是她表演的一部分吗？那么，马克斯不得不承认，她演得太好了。

但还没好到能骗过马克斯。

"你知道吗？"马克斯大声说道，"我挺庆幸是你，而不是基托。"

"什么？"哈娜说。

"我是说，他虽然总是发牢骚，但他非常聪明，食物二次分配的大多数软件都是他在设计。那么哈娜，他们给了你什么好处？"

"谁？"

"'公司'。"

"我要结束这趟行程吗？"前面的里奥问，"马克斯，你预判到了什么麻烦吗？"

"你为什么问她？"哈娜说，"我才是天选之人。"

"哇，"马克斯微微笑着说，"这就是原因吗？你喜欢这个头衔？想得到威望？"

里奥说："我现在掉头。"

"不，"马克斯说，"不要，如果你这么做，我们可能都会死。哈娜，他们怎么追踪我们？无人机？"

哈娜的鼻子抽动了一下，说："不一定，但是，他们确实弄得到具有致命杀伤力的无人机。"

"那意味着他们也会把你炸飞，哈娜，"马克斯说，"你帮的人真不错。"

"别说了！里奥，在这里停车，现在！"

"马克斯？"里奥叫了一声。

马克斯耸耸肩，说："里奥，照哈娜说的做吧。毕竟，她是天选之人。那个选择背叛 CMI 的人。"

里奥开着车经过一个锈迹斑斑的铁栅栏，栅栏顶部有带刺的铁丝网。然后里奥穿过坑坑洼洼的停车场，那里看起来像是一个废弃的仓库。刚粉刷过的招牌（比那一块所有东西都新得多）让人知道这里就是哈姆布雷希特运输公司。

"干得漂亮，"马克斯讽刺地说，"这个招牌做得倒像那么回事。哦，还有那个截获的消息，说'公司'会在十一点整来抓我和里奥，也是假的吧？你把查尔和伊莎贝尔都骗过去了。"

哈娜笑了，说："嗯，马克斯，你或许忘了，我也很聪明的。"

接着，马克斯看到一个大块头手持一把小型冲锋枪走上了装卸码头。

哈娜打开车窗问："你是威廉吗？"

那人点了点头。

他走下一小段水泥台阶，然后猛地打开了副驾驶车门。

"你真的什么都计划好了，"马克斯说，"让你的朋友威廉拿着半自动步枪坐在前面，而我恰好坐在他斜后方。"

"所以，如果你乱来，我就对你开枪了。"威廉说着，把武器对准了马克斯的心脏。"开车！"

"去山洞？"里奥说。

威廉对里奥的回答似乎很惊讶，问："你记得路？"

"哦，是的，威廉。由于最近重启刷新了我的核心数据，我记得很多以前的事情。如果你愿意，你可以叫我莱纳德。"

"你说什么都行，铁皮罐子。"

里奥一如既往地保持冷静。"正在计算去山洞的路程，预计四十四分钟后到达。"

"那就开吧。"威廉咆哮道。

“是的，威廉。现在就开，威廉。”

威廉笑了，说：“机器人，你总会爱上他们的。你说往东，他就不往西。”

他大笑了起来。

里奥也咯咯笑。

面包车朝着地平线上绵延起伏的青山开去。

“见到你们，齐姆博士一定非常高兴。”威廉说。

“哈娜和我吗？”马克斯装傻问道（她很会装傻，因为她很聪明）。

“不是，是说你和莱纳德。为了造这个机器人，‘公司’花了一大笔钱。他们会很高兴让他重回工作岗位，做他该做的事。至于你，小妞，齐姆博士说你还有你的脑子，能赚数十亿！”

哈娜说：“我相信他会给你一份非常诱人的补偿，就像他们给我的一样。”

他们还有一段路才能到达山洞。马克斯想要里奥尽可能开慢一点，又不能让哈娜和威廉察觉。所以，她继续和哈娜说话。

“你要为‘公司’做什么呢，哈娜？”她天真地问道。

　　"为全球饥饿创造出真正的解决办法，"这个有雄心壮志的年轻植物学家说道，"也就是 GMOs——转基因生物，基于植物的生物技术。CMI 第一次找上我的时候，我就在研究这个。通过基因工程，我可以培育出比现有品种体积大上百分之二十甚至百分之三十的植物，这意味着农田亩产可以提高。在减轻第三世界饥荒的问题上，我们比你，还有你那可笑的物流计划能做的事更多。"

　　"而你也会赚到一大笔钱。"马克斯说。

　　"那又如何？钱又不是坏事。瞧瞧本，是谁说的我们的'赞助人'是唯一一个能成为亿万富翁的青年？有些晚上，你们早都睡了，我和卡普兰女士会就这个问题一直讨论到深夜。她帮我成为 CMI 的队长。当然，马克斯你也帮了忙。我们知道你对考试和测试都很不屑，我们就利用了这一点。卡普兰女士有你的心理档案，她知道怎么摆弄你，就像你的偶像爱因斯坦玩他的小提琴一样。"

　　"那么，"马克斯说，"我想这也意味着她知道怎么摆弄你，哈娜。"

　　这次交流之后，车上无人说话，气氛十分凝重。

里奥尖锐的声音打破了车上维持了十分钟的安静："预计十五分钟后到达山洞。"

"你就不能开快点吗？"威廉说。

"当然可以。不过，这段路有很多警察。如果我们超速，被警察拦下来了，一个警官碰巧发现车内你的腿上放着一把以色列产的枪，可能会有疑问。"

"开你的车吧，"威廉说，"然后闭上你的嘴。"

整整十五分钟后，车子开过一道安全门，在一片空地上停了下来，前方道路在一个峭壁前戛然而止。

突然，山的一侧向一边滑动，露出一条灯火通明的地下公路。

"守卫都去哪儿了？"里奥问。

"那些人吗？"威廉说，"他们已经被取代了，被这群家伙。"

说话间，一个长得像火箭头的光滑的白色机器人踩着轮子呼啸而过。

"齐姆博士在会议室等你，"威廉说，"你还记得会议室在哪儿吗？"

"当然，"里奥回答说，"我什么都记得。"

"那么，"随着车子慢慢地向洞穴越开越深，马克斯说，"这就是你要工作的地方吗？"

"也是你要干活的地方，"哈娜说，"虽然我想我会有一间办公室，而你只有一间牢房。里奥呢，他们可能会把他关在车库里。"

车子又开了六百码，然后停在一个高高的圆形玻璃房下。那里的雕饰华丽的木桌周围有七把椅子，都坐满了。

"马克斯，你或许认得楼上的一些人。"里奥说，"那就是'公司'的董事会，成员都是亿万富翁和行业领袖，包括大型药企、大型媒体……"

"闭上你的大嘴巴，"威廉厉声说，"他们不想暴露身份。"

马克斯笑了笑，她知道原因。

受人敬仰的商业领袖组成一个秘密财团，基本上是在统治世界的同时毁灭世界，这种关系公开了可就难看了。曝光他们——让他们的脸出现在电视和网络上——或许是干掉"公司"最好的办法。就像有人说过，阳光就是最好的消毒剂。

"所有人都下车。"威廉吼道。

"好的好的。"哈娜说道。

里奥说："我想我们得按他说的做。"

"确实。"马克斯说。

于是他俩也下了车。

齐姆博士看到他们，哈哈笑了起来。

当马克斯又一次和那个脸像骷髅却长着巨大牙齿的坏人面对面时，她想的却是："这里就是里奥被造出来的地方。"

"你好啊，马克斯。"坏人狂喜，"真高兴又见到你了。还有你，莱纳德，欢迎回家。"

"天堂一样的地方，"里奥说，"西弗吉尼亚，蓝脊山，还有谢南多亚河。"

"没错没错，"齐姆博士说，"我听说那是技术员教给你的第一件事，在这儿等着。马克斯和我去楼上。"

"我的办公室在哪儿?"哈娜问道。

"亲爱的，你的办公室不在这里。我们想把你安置在一个特别的地方。威廉?"

"在，先生?"

"麻烦为我们的朋友哈娜找一处合适的地方。可以是我们在撒哈拉沙漠的地方，她对我们没用了。"

"等等! 你说什么?"

威廉把哈娜拖走了。

"我讨厌转基因食品，"齐姆博士冷笑着对马克斯说，"西瓜大小的玉米棒？令人作呕！莱纳德，你就在这儿等着，别想逃跑。你看到路上来回穿梭的机器人守卫了吗？它们都是全副武装的，还配备了面部识别软件。你俩的脸可都上传到了它们的记忆里。"

里奥站在通往会议室的台阶上一动不动。"齐姆博士，我会按照你的要求在这里等着，我可不想惹我的机器人表兄们生气。"

还好，那些巡逻的表兄都不会靠近通向会议室的楼梯。

"太好了。跟我来吧，马克斯。董事会都很想见你，我想你会很高兴听到他们的提议的。"

马克斯跟着齐姆博士走上旋转楼梯，双手插进风衣的口袋。她不是在泄愤，而是在做最后一次设备检查。同时，她还观察了弯弯曲曲伸进会议室的通风管道。在装有隔音塑料的密闭会议室里，"公司"董事们耐心地等着齐姆博士送上他珍贵的战利品。

齐姆博士在安全键盘上快速输入了一串数字，一面玻璃墙嗖地往旁边滑过去，变成了滑动门。马克斯跟着他，跟着那个在普林斯顿战斗路上一所房子的地下室里发现了爬来爬去的还是婴儿的她的人，一起走进了生意遍布全球，或许是最邪恶的"公司"的指挥控制中心。

接着，那扇玻璃门在他们身后嗖地关上了。

"所以，这就是大名鼎鼎的马克斯·爱因斯坦了。"坐在圆桌远处的一位女士说。马克斯立刻认出了她。她的脸经常出现在所有顶级商业杂志和有线电视频道上。

"我就不拐弯抹角了。我们有个提议，小姑娘。"一个胖男人说道。他的得克萨斯州口音十分浓厚。这又是一张大众熟悉的脸，坐拥几家电视网络、运动队和一家能量饮料公司，"是个商业提议，毕竟我们都是生意人。"

"当然，除了温索普女士，"马克斯说道，让坐在桌子远处的女人明白她的身份已暴露，"还有那边的亨里克斯女士。"

"我纠正一下，"那个带口音的男人接话道，尽力使自己的声音听起来友好一点，"鉴于大家都是生意人，所以，小姑娘，我们有个提议。你帮我们开发量子计算机，并将其快速推向市场。我们会给你百分之三十的毛利，但你一定不会觉得这利润是毛毛雨。"

"另外，当然，"齐姆博士说，"作为你的中介人，我要从你那百分之三十中抽百分之十五。"

马克斯点点头。

"听起来挺合理的。"

"当然，非常公平，"那个得克萨斯州人说，"我们会提供你需要的所有资源。实验室、技术人员，你要什么有什么。"

"还有，"齐姆博士补充道，"如果你做得好，我会告诉你我知道的关于你从哪里来的一切。"

马克斯轻敲了一下别在她的翻领上的机器人别针。

"你指的是你怎么发现我在你和一帮商业间谍在普林斯顿战斗路上租的房子的地下室里爬来爬去的吗？齐姆博士，莱纳德已经把你知道的都告诉我了。"

玻璃墙嗖的一声又打开了。

里奥冲进房间，说："她说的话是真的。"他的胸部位置敞开着，里面装满了高科技武器。"而且，是的，看见这些指着你的枪，你应该知道，自我不再为你工作以后，我已经大幅升级了。我现在的远视能力也很强，能记住齐姆博士刚刚输入的安全密码。那个叫克劳斯的年轻人，虽然比不上马克斯，但是个真正的天才。现在，所有人都起来靠墙站好，都站起来。当然，想死的人除外。"

说完，他一如既往地咯咯笑了起来。

第二十章　坏人终被曝光

所有的董事会成员都缩在圆形房间的远处。

马克斯对从里奥胸膛里伸出来的武器的数量——步枪、火箭筒，甚至还有火焰喷射器——感到非常惊讶。查尔，这个武器专家，在帮助克劳斯升级这个机器人男孩时有点过头了，把他变成了战争机器。

"目标位置已锁定。"里奥说道，带着一丝莱纳德的威严。

"你知道你们走不远的！"把手举到了头上的齐姆博士说，"只要有任何机器人守卫看见了你们的脸，他们就会干掉你们。"

"他们会以为今天是万圣节的。"马克斯说。

她把手伸进那件松垮风衣右边的深口袋里，掏出两个橡胶面具。一个是科学怪人，另一个是现任美国总统。她把科学怪人面具扔给了里奥。"你当科学怪人，我倒一直想当总统。"

"听你安排，马克斯。"

他们轮流戴上橡胶面具，面具咯吱作响。

"我们会把你们关在这里。"马克斯对那群亿万富翁说，声音被面具削弱了一些。"但我们没那么残忍。放了哈娜，五分钟后，我就放了你们，成交?"

没有人回答。他们只是怒目圆睁，盯着那个自以为能玩过世界上最狡猾的生意人的女孩。

"好吧，"马克斯说，"考虑一下吧。我说了，放了哈娜，我们就打开这扇门。"

"这里的无线网络信号很好，"里奥说，"这还是在山里。我得赞扬你们的技术专家。我与门锁已经建立了无线连接，很遗憾，这种连接无法切断。这也是克劳斯帮我弄的。我说过了，那个男孩非常聪明。"

"我们走吧，里奥。"

"这事还没完，马克斯!"在马克斯与里奥退向打开着的玻璃门时，齐姆博士大喊道。

"你说得对，还没结束。现在没有，但快了。"

马克斯先走出去。里奥一直将武器瞄准那些"公司"的领导人，随后也退出了那个圆形房间。来自得克萨斯州的男人冲向门口，但没等他赶到，门就砰的一下关上了。

橡胶面具骗过了安保机器人里所有的面部识别软件，马克斯和里奥轻松走下台阶，朝出口走去。

"里奥？"马克斯喊住里奥，抬头望那几条在洞穴凹凸不平的天花板上弯弯曲曲延伸的管道。"哪条管道是送新鲜空气到会议室的？"

"正在访问设计图。"里奥说道。克劳斯已经帮他恢复了过去作为莱纳德在公司工作时的一切记忆。"中间那条。"

"好的。我需要你把我举起来。看到那个通风口了吗？我要往里面放点东西，在罐子里泡了很久的东西。"

"请允许我问一下，到底是什么东西？"

"给齐姆博士和那些人的一点小刺激，让他们释放哈娜，这样我们就能顺势打开那个密闭隔音的会议室的门。"

马克斯取出了一直放在口袋里的罐子，自从那晚她去了普林斯顿的药店之后，她就一直随身带着。在她还不知道她正在做什么的时候，她就在为这最后一场棋局做准备。

"这是一枚臭气弹，"她解释道，"火柴头上有硫化氢，把它泡在氨水中。混在一起，静置几天，就得到了硫化铵。我要把它的蒸汽释放到管道里，闻起来与硫化氢气味一样，或者叫它臭鸡蛋味。这气体易燃，所以就让我们祈祷一下那些大佬都不要点雪茄吧。"

"不用担心，"里奥说，"山洞禁烟。"

"是吗？过一会山洞可禁不了臭味了。帮我一把。"

关节处的液压系统呼呼作响，里奥把马克斯举到天花板。她打开管道的通风口，放进罐子，拧开罐盖。

"放我下来！"她叫里奥，同时竭力不让自己用鼻子呼吸。

"闻起来臭吗？"

"巨臭无比！"

"那我很庆幸'公司'没给我嗅觉。"

他们冲上隧道，经过几个安保机器人。它们都认不出两人的脸，也没有得到任何向科学怪人或美国总统开枪的命令。

马克斯和里奥终于跑到了封死了的洞口，威廉正在那里等着他们。

他抓着哈娜。

他还举着冲锋枪。

"开门，威廉。"马克斯说着，拉下面具。

"哼！妄想，小东西。"威廉咆哮道，一边把枪口伸上哈娜的肋骨。

哈娜一直在抽泣。"太对不起了，朋友们。"她哭着说道。

"你活该，"里奥说着，也摘下了自己的面具，"威廉，你忘了你的人质背叛了我们吗？我们为什么要保护或者救她？"

威廉怔了一下，想了想这个问题，甚至手上的武器都松开了一点。

这一点就足够了。

这给了里奥一个大好机会。

他胸口的罩板猛地打开，从激光制导的电击枪中射出两个带刺探针。威廉的四肢因为电脉冲而抽搐痉挛，武器随之哗啦一声掉落在石头地上。他跪倒在地，身体因为电击而颤抖不停，然后扑通一声侧身倒下，在满是灰尘的地板上抽搐，打转。

"门密码是什么？"哈娜尖声问道，"我们得离开这里。"

远处，警报器呜啦呜啦响起了。

"疏散设备，"一个预先录好的过于平静的声音呜呜传来，"疏散设备。"

"放了哈娜！"齐姆博士的声音从扩音器里传来。他咳嗽了几声，感觉快窒息了，"打开这扇门，马克斯！马上把门打开！"

"我猜臭气弹肯定起作用了。"马克斯说。

"是什么臭味？"哈娜一边嗅空气一边问，"臭鸡蛋？"

"硫化氢气体。"马克斯答，努力不让自己用鼻子呼吸，臭味已经扩散到了隧道的空气里。

她从地上抓起一些灰尘，吹向控制滑动石墙的入口的密码锁键盘。"你看到了吗，里奥？"

"完全可以看见。并且，容我说一下，这是一条妙计。"

"谢谢，我们最好快一点。威廉很快就要恢复行动能力了。"

"确实，请允许我来做这件事情。"

里奥扫描了布满灰尘的键盘，根据指纹图案破译了密码，然后输入正确的数字串。接着，坚实的岩壁缓缓滑开。

"现在打开会议室的门。"马克斯对机器人说。

"会议室的门现在开启。"里奥报告。

移动石门与岩壁之间的缝隙刚开，哈娜马上就往外跑进了阳光里。

"你好，哈娜。"门外等着的查尔说。

"我很抱歉，我不是故意的。"

"不，你是故意的。"伊莎贝尔回她，"基托？把她带到车上，锁起来。"

于是基托带着哈娜走了。

马克斯走出洞口，笑了起来，因为在"公司"总部入口和警卫室之间的那片崎岖的院子里挤满了人。有整个CMI团队，还有卡利先生和他的一帮农民朋友，来自教堂食物配发点各网点上的人，几个警察（他们把警卫关在了巡逻车封闭的后座上）。还有，最重要的，CNN（美国有线电视新闻网）、福克斯新闻、MSNBC（微软全国广播公司）的电视工作人员——各家新闻媒体都来了。

"里奥表现得怎么样?"克劳斯问道。

"太棒了!"

克劳斯拍了拍里奥的背,夸道:"好小子!"

"还有远程控制也很厉害,"马克斯边说边轻轻敲了下她翻领上的机器人别针,"用起来很方便。"

"它的追踪功能也非常了不起,"查尔跟着说,"干得好,克劳斯。"

克劳斯耸耸肩,说:"我能说什么呢?我就是个天才。话说回来,我们都是天才,每个队员都是!不,除了哈娜。她很聪明但又很笨,知道我的意思吧?"

马克斯笑了,说:"是,我知道。"她转向一直等着的记者团,说:"摄像机都开起来吧,主角们随时要出来了。"

随后,"公司"董事会的七个成员打着喷嚏、咳嗽着,用花哨的手帕捂住鼻子,眼冒金星、跌跌撞撞地走出山洞,大口大口呼吸着新鲜的空气。

齐姆博士是第一个出来的。

他也是当晚各家新闻频道播出的画面中出镜的第一人。

接下来的一周非常忙碌。

媒体尽情披露着那些经营着类似"被称为'公司'的阴暗贪婪的组织"的企业巨头。记者们揭露了大量与该组织及其领导人相关的"遍布全球的骇人事件"。一些全球最大最出名的"公司"的雇员都失业了。

有些前"公司"成员来威胁马克斯和CMI："这些是假新闻，虚假指控。那些不知天高地厚的小孩会为攻击我们，损害我们的名誉而付出昂贵代价！"

"你认为他们会有人进监狱吗？"基托瞧着电视上那些"公司"的头头和他们的律师，好奇地问道。

"难说，"有些愤世嫉俗的西沃恩说，"大坏蛋从来不用为他们的罪行付出代价。"

齐姆博士因绑架未遂被联邦调查局拘留。该局也想和他谈谈十二年前他因在普林斯顿期间从事企业间谍活动而受到的指控。

本给哈娜买了回日本的单程票，还确认航空公司已知晓她更喜欢素食。

CMI团队可能要找个新成员了。也许是一个不那么专注于种葡萄柚大小的转基因大豆的生物化学家。

与此同时，马克斯一直关注着他们在西弗吉尼亚州一角建立的食物收集和分配系统的物流链是否顺利运转。

结果，UPS十分热切地想和CMI合作。算法已写好，计算机程序正在运行，过去被扔进垃圾场的食物现在被救了下来。最重要的是，这些好吃的都送到了最需要食物的地方。

这个系统已成为一个可复制模板——推广到了全世界！

"谢谢你，马克斯。"萨姆——那个马克斯第一次去教堂食品分发处时遇见的饿肚子的小女孩——对她说。她的家人现在可以从杂货店式的货架上挑选有营养的食物，然后装满购物袋带回家。

萨姆还能买到蜜糖包。

毕竟没有甜点算什么晚餐呢？

一切进行得如此顺利（多亏了逻辑奇才安妮卡），马克斯因此接到了本的邀请。

他想约马克斯吃一顿午餐。

在普林斯顿。

本利用他的影响力（和他的钱）推迟了塔迪斯之家的拆除时间。

"人类文明的命运比以往任何时候都更依赖于它所能产生的道德力量。"

——阿尔伯特·爱因斯坦

所以他可以和马克斯在那里再吃一顿大餐，就围着一张简简单单的桌子，上面铺着清爽的亚麻布。

"我对这所大学做出过重大贡献。这栋楼又是属于他们的，"本解释道，"就是说，推土机也可以继续等。而且，再多一点财政支持，香农·麦克纳教授或许可以继续她对 1921 年在这里实现的惊天之举的研究。"

马克斯笑了，说："是说由那对可能是我父母的夫妇实现的惊人之举吗？"

"正是如此！这真是太酷了，马克斯。你是个时间旅行者，我还是第一次见到时间旅行者。你还记得 1921 年的事吗？"

"不记得，"马克斯说，"我甚至不确定这是不是真的。"

"有可能是真的啊，"本说，"夏洛克·福尔摩斯说过：'当你排除了所有的不可能，剩下的无论多么不可能，都一定是真相！'"

"好吧，"马克斯说着，放下了她的黄瓜三明治。"本，我们来做一个小小的思想实验吧。假如我真的是多萝西，教授们的独生女，一百年前就住在这里，会怎样？每个人都说他们是天才。爱因斯坦认为他们甚

278

至比自己还聪明，因为他们可以接受他的理论并给出实际应用。也许苏珊和蒂莫西是我的爸爸妈妈，我从他们那里继承了智慧。如果他们的时间机器在地下室呼呼作响的时候，我真的爬进了一个手提箱；如果我真从 1921 穿越而来；如果我还是婴儿的时候差点遇到爱因斯坦，如果这些都是真的，又会如何？"

"我们去证实吧！"本说，"我们可以弄清楚那时候到底发生了什么。如果能找出答案，就太令人兴奋了，不是吗？"

马克斯摇了摇头，说："确实，那会很有趣，但我知道有一件事是肯定的，我们不能让时间倒退。我们也不能活在过去。我们只能向前看，看向未来。本，这才是真正激动人心的地方！"

开始你的 冒险

虽然马克斯的冒险可能已经结束了，但你可以通过这些活动重新体验书中的时刻，并开始你自己的阅读冒险。让我们开始吧！

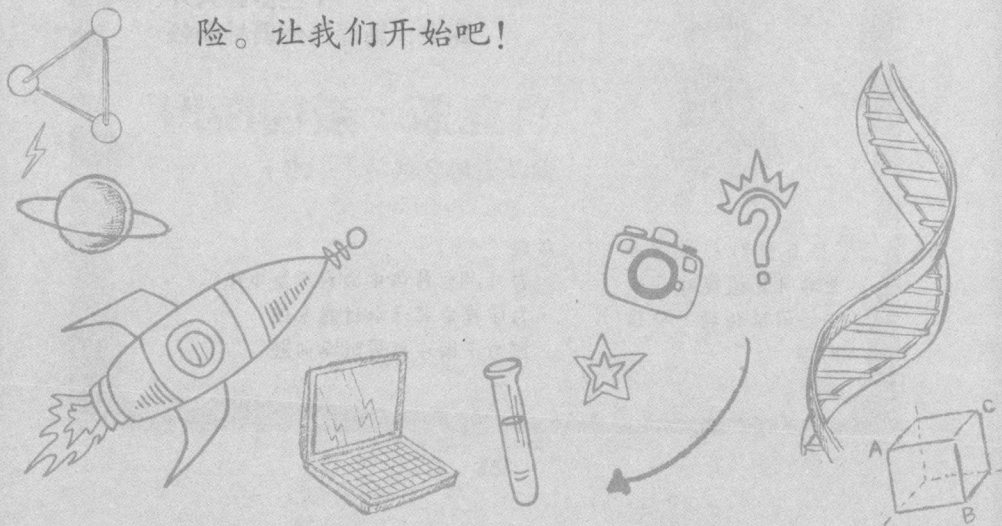

变革者协会名片

变革者协会（CMI）继续通过寻找改善生活质量的方法来帮助他人。CMI名片可以宣传团队信息，使人们了解他们是如何助人的。

成为CMI的营销经理，为CMI团队中的某个人制作一张名片。上面一定要包括：

✏ 名字

✏ 画像（你画的）

✏ 家乡

✏ 成就

✏ 一句可以总结他人生目标的名言

例如：

十二岁的天才
家乡：新泽西州普林斯顿

马克斯·爱因斯坦
变革者协会成员（CMI）

"只有为别人而活的生命才是值得的。"
——阿尔伯特·爱因斯坦

成就：
· 为非洲安装供电的太阳能电池板
· 为印度安装净水过滤系统
· 致力于解决世界饥饿问题

不要局限于此！开始制作自己的名片吧。你有什么技能和成就？找一句最能表达你和你的激情的名言。你可以加上虚拟电话号码和地址。你有虚拟网址和电子邮件地址吗？以上这些都可以设计进去。记住，创造力棒极了！

创作你的诗

在整本书中，我们终于开始了解马克斯的过去和她来自哪里。通过马克斯的眼睛，我们了解了认识自己的重要性。诗歌是分享自我的最佳方式之一。让我们进入角色的内心，真正了解他们。想象你是这本书里的一个人物。他会想知道什么？他希望什么？在另一张纸上，用你所知道的关于那个人物的信息完成左栏的诗，再完成右栏你自己的诗。你和角色之间有什么相似之处？你和角色之间有什么不同？

诗歌是用来分享的！让别人听到你创作的诗。请朋友或家人完成他们自己的诗歌并进行比较。你们有什么共同之处？有什么不同之处？我们为什么说我们所说的话，担心我们所担心的事？马克斯和其他角色是如何成为现在的自己的？

角色的诗	我的"我是……"诗
我是＿＿＿马克斯＿＿＿	我＿＿＿＿＿＿＿＿＿＿
我想知道＿＿＿＿＿＿	我想知道＿＿＿＿＿＿＿
我听到)＿＿＿＿＿＿＿	我听到)＿＿＿＿＿＿＿
我看到＿＿＿＿＿＿＿	我看到＿＿＿＿＿＿＿
我想要＿＿＿＿＿＿＿	我想要＿＿＿＿＿＿＿
我是＿＿＿＿＿＿＿＿	我＿＿＿＿＿＿＿＿＿
我假装＿＿＿＿＿＿＿	我假装＿＿＿＿＿＿＿
我感到＿＿＿＿＿＿＿	我感到＿＿＿＿＿＿＿
我触摸到＿＿＿＿＿＿	我触摸到＿＿＿＿＿＿＿
我忧虑于＿＿＿＿＿＿	我＿＿＿忧虑于＿＿＿＿
我喊道＿＿＿＿＿＿＿	我喊道＿＿＿＿＿＿＿
我是＿＿＿＿＿＿＿＿	我＿＿＿＿＿＿＿＿＿
我理解＿＿＿＿＿＿＿	我理解＿＿＿＿＿＿＿
我说（一句名言）＿＿＿	我说＿＿＿＿＿＿＿＿
我梦想着＿＿＿＿＿＿	我梦想着＿＿＿＿＿＿＿
我尝试＿＿＿＿＿＿＿	我尝试＿＿＿＿＿＿＿
我希望＿＿＿＿＿＿＿	我希望＿＿＿＿＿＿＿
我是＿＿＿＿＿＿＿＿	我＿＿＿＿＿＿＿＿＿

朋友之谜

马克斯终于在 CMI 团队找到了朋友。当她最需要他们的时候，他们就在她身边。比如，当冯·欣克尔教授试图绑走她时，他们就围在她身边。他们去了很多不同的地方，和马克斯一起帮助那些有困难的人。你对马克斯的朋友了解多少？你能通过阅读有关朋友的事实来判断文字描述的是哪个朋友吗？

线索

1. 我是机器人方面的专家，对自己丰富的技术知识感到自豪。我相信"要么做大，要么待在家里"，尤其是在我们解决世界问题的时候。我喜欢美食！有一次，我在收礼物的时候不小心帮了"公司"，礼物是一个手机。不过，我一定不会再犯这样的错误了！

_____

_____

❀ **2.** 我不需要姓氏。我精通武术，而且有东欧某地的口音。我有很多技能，包括套索"公司"的坏人。CMI 团队的一些人可能会称我为"安静的补充"。

_____

_____

❀ **3.** 作为一位来自加利福尼亚州的计算机科学家，我命中注定会成为"下一个乔布斯"。没有我搞不定的代码。别人可能认为我脾气暴躁，但我只是没有耐心，怕浪费时间。

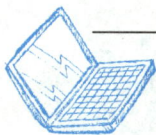

_____

_____

❀ **4.** 我是马克斯的朋友，我不太可能背叛她。我的家庭被认为很富有，居住在非洲，我在那里成了一个生物化学家。我讨厌参加任何考试，总是努力让自己的脸上挂着灿烂的笑容。

_____

_____

✿ 5. 我是形式逻辑大师，相信"没有逻辑，其他科学都无法发挥作用"。我来自德国，喜欢在世界饥饿宴会上享用我的盛宴。我很擅长协调计划，比如回家的旅行。

_____

_____

无论真爱多么罕见，它都不如真正的友谊那么珍贵。
——阿尔伯特·爱因斯坦

想法的狂风暴雨

马克斯喜欢通过各种想法来寻找解决世界问题的方法。当这些想法在她脑海中涌动时，她会对自己所知道的东西进行头脑风暴。她研究最初由阿尔伯特·爱因斯坦验证过的理论，以及解决这个问题的所有可能方法。查尔和伊莎贝尔把这次头脑风暴称为"想法的狂风暴雨"。看看我们当今世界所面临的问题的清单。你能想到哪些"狂风暴雨式想法"？在横线上写下或画出你的解决思路。记住，你在进行的是"不切实际的思考"，这意味着你的想法不受限制。展开想象，活跃思维，前途无量。

当地问题

★ 孤独的老年邻居

★ 拥挤的动物收容所

★ 无家可归问题

★ 被忽视的城镇花园

★ 过度建设的房屋和公寓

全球问题

★ 气候变化

★世界饥饿

★贫困

★不平等

★海洋保护

议题_____

我已知
什么?

我能提供什么帮助?

议题_____

我已知
什么?

我能提供什么帮助?

议题_____

我已知
什么?

我能提供什么帮助?

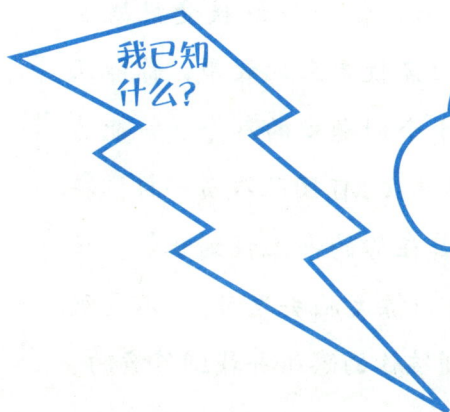

　　既然有了灵感，你就可以在你的社区里帮忙了！正如阿尔伯特·爱因斯坦所说："继续播下你的种子，因为你永远不知道哪一种会生长——也许它们都会生长。"

测测你的知识

既然已经看完了这本书，你准备好接受挑战了吗？关于马克斯·爱因斯坦拯救未来的故事，你能正确回答多少个问题？回答十个问题中的八个，就能达到天才的水平，就像马克斯和CMI团队成员一样！在偷看参考答案之前，先试着在你的书上找到正解。正如马克斯所说："教育应该训练大脑去思考。"不要被题目误导，你的书是用来训练你的思维并找到答案的。

1. 在世界饥饿宴会上，卡普兰女士分享了关于世界饥饿的统计数据。世界上有百分之多少的人生活在中产阶级国家？

A. 10%

B. 20%

C. 70%

D. 35%

2. 皇家阿尔伯特音乐厅在哪里？

A. 西弗吉尼亚州

B. 新墨西哥州

C. 伦敦

D. 牛津

3. 当马克斯被降级的时候，谁成为了新的领袖？

A. 安妮卡

B. 哈娜

C. 托马

D. 克劳斯

4. 欣克尔教授可以比作哪个复仇者坏蛋？

A. 奥创

B. 洛基

C. 灭霸

D. 毁灭博士

5. 达里尔在谈论战斗路上的房子时提到了以下哪部电视剧？

A.《神探夏洛克》

B.《王冠》

C.《保镖》

D.《神秘博士》

6. 补充完成名言："想象力比 _____ 更重要。"

   A. 知识

   B. 玩

   C. 学习

   D. 教育

7. 麦克纳博士叫马克斯什么名字？

   A. 朵莉

   B. 苏茜

   C. 安妮

   D. 多萝西

8. "公司"的藏身之处在哪里？

   A. 西弗吉尼亚州

   B. 新泽西州

   C. 牛津

   D. 得克萨斯州

9. 在为"公司"效力时，哈娜打算做什么？

   A. 创造转基因生物

   B. 开一家植物超市

C. 制造监视人的机器人

D. 在世界各地植树

10. 本书中，CMI团队在解决什么问题？

A. 气候变化

B. 灌溉系统

C. 世界饥饿

D. 太阳能电池板

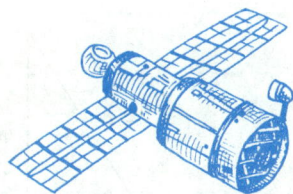

🦉勾股定理

定义：是一个基本的几何定理，指直角三角形的两条直角边的平方和等于斜边的平方。

拓展：在中国，周朝时期的商高提出了"勾三股四弦五"的勾股定理的特例。在西方，最早提出并证明此定理的为公元前6世纪古希腊的毕达哥拉斯学派，他们用演绎法证明了直角三角形斜边平方等于两直角边平方之和。

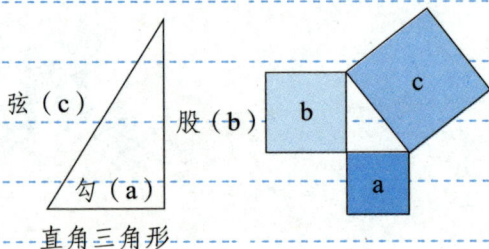

☆ 黑洞

定义：是由广义相对论所预言的，存在于宇宙空间中的一种致密天体。

拓展：北京时间2019年4月10日21时，人类首张黑洞照片面世，该黑洞位于室女座的一个巨椭圆星系M87的中心，距离地球5500万光年，质量约为太阳的65亿倍。该图片由事件视界望远镜（Event Horizon Telescope，简称EHT）拍摄，本质上是黑洞周围吸积的热等离子体发出的光，经过黑洞引力偏折后的图像。

🚌 暗物质

定义：由天文观测推断存在于宇宙中的不发光物质。

拓展：包括不发光天体、星系晕物质等重子暗物质，以及仅参与引力作用和弱相互作用而不参与电磁作用的非重子中性粒子等。一般意义上所关注的暗物质，通常是指后一类非重子暗物质。

💡 质能方程

定义：质能方程即描述质量与能量之间的当量关系的方程。

拓展：质能方程式为 $E=MC^2$。其中，E 是能量，单位是焦耳（J）；M 是质量，单位是千克（kg）；C 是真空中光速（m/s），C=299792458m/s。

🧪 乙酸

定义：俗称"醋酸"，结构式为 CH_3COOH，是一种常见的有机化合物，是醋的重要成分。

拓展：纯的无水乙酸（冰醋酸）是无色的吸湿性液体，凝固点为 16.6℃，凝固后为无色晶体，其水溶液中弱酸性且腐蚀性强，对金属有强烈腐蚀性，蒸汽对眼和鼻有刺激性作用。乙酸在自然界分布很广，比如在水果或者植物油中，乙酸主要以酯的形式存在。而在动物的组织内、排泄物和血液中乙酸又以游离酸的形式存在。许多微生物都可以通过发酵将不同的有机物转化为乙酸。

🪐 氨水

定义：氨的水溶液，主要成分为 $NH_3 \cdot H_2O$，无色透明且具有刺激性气味。氨水易挥发，具有部分碱的通性，由氨气通入水中制得。

拓展：工业氨水是含氨 25% ~ 28% 的水溶液，氨水中仅有一小部分氨分子与水反应形成铵离子和氢氧根离子，是仅存在于氨水中的弱碱。氨水凝固点和氨水浓度有关，常用的 20%（质量分数）氨水凝固点约为 −35℃。氨水与酸中和反应产生热，有爆炸危险。

☢ 放热反应

定义：化学上把释放热量的反应称为放热反应。

拓展：如镁条、铝片与盐酸的反应，木炭、氢气、甲烷等在氧气中的燃烧，氢气与氧气的化合反应等都是放热反应。化学上还把吸收热量的反应称为吸热反应，如盐酸与碳酸氢钠的反应，灼热的炭与二氧化碳的反应等都是吸热反应。

三角函数

定义：基本初等函数之一，是以角度（数学上最常用弧度制）为自变量，角度对应任意角终边与单位圆交点坐标或其比值为因变量的函数。

拓展：常见的三角函数包括正弦函数、余弦函数和正切函数。在航海学、测绘学、工程学等其他学科中，还会用到如余切函数、正割函数、余割函数、正矢函数、余矢函数、半正矢函数、半余矢函数等其他的三角函数。不同的三角函数之间的关系可以通过几何直观或者计算得出，称为三角恒等式。

正弦值：$\sin A = \dfrac{\angle A\text{ 的对边}}{\text{斜边}}$ 即 $\dfrac{a}{c}$

$\sin B = \dfrac{\angle B\text{ 的对边}}{\text{斜边}}$ 即 $\dfrac{b}{c}$

正切值：$\tan A = \dfrac{\angle A\text{ 的对边}}{\angle A\text{ 的邻边}}$ 即 $\dfrac{a}{b}$

$\tan B = \dfrac{\angle B\text{ 的对边}}{\angle B\text{ 的邻边}}$ 即 $\dfrac{b}{a}$

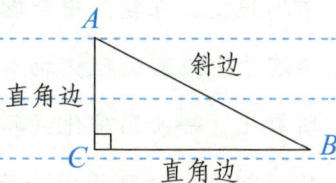

碳排放

定义：温室气体的排放，因温室气体的最主要成分是二氧化碳而得名。

拓展：排放量的多少可采用碳排放量和碳排放强度等指

标进行定量描述。可通过减少化石燃料消耗量、提高能源使用效率、推广可再生能源以及种植碳汇林等办法降低大气中的二氧化碳浓度。中国对外承诺到 2030 年前停止增加二氧化碳排放，即碳排放在 2030 年前达到峰值。

硫化氢

定义：化学式为 H_2S，是一种臭鸡蛋味的无色气体，有毒性。

拓展：可溶于水、乙醇、甘油、二硫化碳。水溶液为氢硫酸，在空气中能逐渐被氧化，析出硫黄而现混浊。化学性质不稳定，在空气中会燃烧。可与许多金属离子作用，生成不溶于水或酸的硫化物沉淀。具有还原性，可被许多氧化剂所氧化。一般用硫化铁和稀盐酸反应制取。在分析化学上用作沉淀剂，也可用以分离和鉴定金属离子。用于精制盐酸、硫酸及制取单质硫。

硫化铵

定义：是一种铵盐，化学式为 $(NH_4)_2S$，无色液体或浅黄色晶体，有氨和硫化氢的气味，有毒。易潮解，久置变黄，有腐蚀性。

拓展：易溶于液氨，溶于水、乙醇、碱溶液。水溶液呈碱性，在空气中很快变成多硫化物和硫代硫酸盐。受热分解成硫氢化铵、氨、多硫化物等。将稀氨水用过量硫化氢饱和，形成硫氢化铵溶液，再加入等量氨水制得。可用作色谱分析试剂、铊的微量分析试剂、摄影的显色剂、硝酸纤维素的脱硝剂等。

MAX EINSTEIN: SAVES THE FUTURE

Copyright © Zero Point Ventures, LLC

Illustrations by Beverly Johnson

This edition arranged with Kaplan/DeFiore Rights through Andrew Nurnberg Associates International Limited

著作权合同登记号：字 18-2024-319

图书在版编目（CIP）数据

天才少年爱因斯坦. 3，拯救未来世界 /（美）詹姆斯·帕特森，（美）克里斯·格拉本斯坦著；（美）贝芙莉·约翰逊绘；付添爵译. -- 长沙：湖南少年儿童出版社，2025. 4. -- ISBN 978-7-5562-8167-1

Ⅰ. I712. 84

中国国家版本馆 CIP 数据核字第 20253H4H29 号

TIANCAI SHAONIAN AIYINSITAN 3 ZHENGJIU WEILAI SHIJIE

天才少年爱因斯坦 3 拯救未来世界

［美］詹姆斯·帕特森　［美］克里斯·格拉本斯坦　著
［美］贝芙莉·约翰逊　绘　　付添爵　译

责任编辑：唐 凌 李 炜　　　　　　策划出品：李 炜　张苗苗　文赛峰
策划编辑：文赛峰　　　　　　　　　特约编辑：卢 丽　杜佳美
营销编辑：付 佳 杨 朔　　　　　　版权支持：王媛媛
版式设计：马俊赢　　　　　　　　　封面设计：霍雨佳
排　　版：金锋工作室

出 版 人：刘星保
出　　版：湖南少年儿童出版社
地　　址：湖南省长沙市晚报大道 89 号
邮　　编：410016　　　　　　　　　电　　话：0731-82196320
常年法律顾问：湖南崇民律师事务所　柳成柱律师
经　　销：新华书店
开　　本：875 mm×1230 mm　1/32　印　　刷：河北鹏润印刷有限公司
字　　数：158 千字　　　　　　　　印　　张：9.75
版　　次：2025 年 4 月第 1 版　　　印　　次：2025 年 4 月第 1 次印刷
书　　号：ISBN 978-7-5562-8167-1　定　　价：32.00 元

若有质量问题，请致电质量监督电话：010-59096394　团购电话：010-59320018